El progreso del Peregrino

El progreso del Peregrino

John Bunyan

inspiración para la vida
≋CASA PROMESA
Una división de Barbour Publishing, Inc.

ISBN 978-1-61626-030-9

Título en inglés: *The Pilgrim's Progress*, ©2010 por Barbour Publishing, Inc.

Desarrollo editorial: Semantics, P.O. Box 290186, Nashville, TN 37229 - semantics01@comcast.net

Imagen de la portada: Yolande De Kort/Trevillion Images

Publicado por Barbour Publishing, Inc., P. O. Box 719, Uhrichsville, Ohio 44683, www.barbourbooks.com.

Nuestra misión es publicar y distribuir productos inspiradores que ofrezcan valor excepcional y motivación bíblica al público.

Member of the
Evangelical Christian
Publishers Association

Impreso en Estados Unidos de América

El progreso del Peregrino se ha impreso, leído y traducido con mayor frecuencia que cualquier otro libro además de la Biblia. Personas de todas las edades han hallado deleite en la historia sencilla e intensa de Cristiano, el Peregrino. Los hechos parecen cercanos a la realidad, y la acción es rápida y consistente.

John Bunyan nació en 1628 en la villa de Elstow, Inglaterra. Su padre era calderero, una ocupación humilde. Sin embargo, lo envió a la escuela para que aprendiera a leer y escribir.

En 1674, Bunyan se casó con una huérfana cristiana que oraba. Guió a su esposo al Señor y él se bautizó. Bunyan pronto comenzó a predicar, pero lo arrestaron y condenaron a prisión por predicar sin tener permiso por parte de la iglesia establecida. Permaneció en la cárcel por doce años, durante ese tiempo escribió este libro.

Leer *El progreso del Peregrino* no solo es una experiencia placentera, sino también una que cambia nuestras vidas.

U n hombre vestido con harapos y agobiado por una gran carga en la espalda estaba parado frente a su propia casa. Abrió la Biblia que sostenía en la mano y mientras leía, lloraba y temblaba. Finalmente, sin poder contenerse más, gritó:

–¿Qué es lo que haré?

Afligido, entró a la casa y dijo:

–Oh, amados esposa e hijos, estoy angustiado porque llevo esta carga sobre mi espalda. Además, estoy seguro de que nuestra ciudad será incendiada por el fuego que descenderá del cielo. Todos moriremos a menos que hallemos una forma de escapar.

La familia estaba sorprendida, no creían que lo que decía era verdad, pensaban que estaba fuera de sí. Imaginaban que si dormía se calmaría, entonces lo llevaron a la cama. Pero en la noche se afligía tanto como de día y pasó la noche con suspiros y lágrimas.

En la mañana dijo que estaba peor que la noche anterior. Habló con ellos otra vez, pero no querían escucharlo. Ya que el dormir no lo había ayudado, decidieron tratar su locura con burlas, regaños e ignorándole.

Con frecuencia se iba solo al campo, para orar por ellos y leer la Biblia. Así pasaron algunos días.

Un día en el campo lloró:

—¿Qué debo hacer para ser salvo? —Miraba hacia un lado y hacia otro como si quisiera correr, pero no sabía hacia dónde.

Un hombre se acercó.

—Yo soy Evangelista. ¿Por qué lloras así?

El hombre respondió:

—Señor, leo en esta Biblia que estoy condenado a morir y que después de eso iré a juicio. Encuentro que no deseo lo primero, y no soy capaz de enfrentar lo segundo.

—¿Por qué no deseas morir, ya que esta vida está tan llena de mal?

El hombre respondió:

—Temo que esta carga en la espalda me hundirá en el infierno. No estoy listo para ir a juicio. Y los pensamientos me desesperan.

—¿Por qué entonces no haces algo?

—¡No sé qué hacer!

–Lee esto. –Evangelista le dio un rollo de pergamino que decía: "Huye de la ira venidera".

El hombre preguntó:

–¿Adónde debo huir?

Evangelista apuntó más allá de una planicie amplia.

–¿Ves la portezuela lejana?

–No.

–¿Ves la luz brillante a lo lejos?

–Creo que sí.

Evangelista dijo:

–Sigue la luz y te llevará a la puerta. Cuando golpees, el guardián te dirá qué hacer desde allí.

Entonces el hombre comenzó a correr. Al verlo, la esposa y los hijos le gritaban para que regresara. Pero el hombre se cubrió los oídos y corrió, gritando:

–¡Vida! ¡Vida! ¡Vida eterna!

Los vecinos también salieron para verlo correr y algunos se burlaron, otros amenazaron y algunos le gritaban para que regresara. Dos vecinos, Obstinando y Flexible, lo siguieron y lo alcanzaron, intentando persuadirlo para que regresara con ellos.

Él les dijo:

–Ustedes moran en la ciudad de la Destrucción. Y si mueren allí, se hundirán en un lugar que arde con fuego y azufre. Vengan conmigo.

–¿Qué? –dijo Obstinado–. ¿Y dejar amigos y las comodidades atrás?

–Sí, –respondió Cristiano, porque ese era ahora el nombre del hombre.

–Aquellos no son dignos de ser comparados con lo que busco. Voy en pos de una herencia incorruptible, inmaculada, que nunca se desvanece. Espera en el cielo para ser otorgada a aquellos que la buscan de forma diligente. Leí acerca de eso en mi Biblia.

–¡Cuentos chinos en tu Biblia! –dijo Obstinado–. ¿Volverás con nosotros o no?

–No, porque "he puesto mi mano en el arado".

–Ven, vecino Flexible –dijo Obstinado–, es un tonto y se cree más sabio que siete hombres razonables. Vamos a casa sin él.

Flexible vaciló:

–Si lo que buen Cristiano dice es verdad, las cosas que busca son mejores que las nuestras. Mi corazón anhela ir con él.

–¿Qué? Eres un tonto, también. No seré compañía de tales fantasías engañosas –dijo Obstinado y se volvió–. Sé sabio y regresa conmigo.

Cuando Obstinado se hubo ido, Cristiano y Flexible caminaron a través de la planicie.

–¿Estás seguro de que las palabras del libro son verdaderas? –le preguntó Flexible a Cristiano.

–Sí, la Biblia fue hecha por Aquel que no puede mentir. Hay un reino infinito para habitar, una vida eterna. Se nos darán las coronas de gloria y vestiduras que nos harán brillar como el sol.

–Estos son pensamientos agradables –dijo Flexible–. ¿Qué más dice la Biblia?

–No habrá más lloro, no más aflicción. Estaremos con serafines, querubines y criaturas que deslumbrarán nuestros ojos. Nos encontraremos con decenas de miles que han ido antes de nosotros, amados y santos, todos caminando a la vista de Dios, todos bien otra vez y vestidos con las vestiduras de inmortalidad.

–¿Pero de qué forma podemos compartir eso?

–El Señor ha registrado esto en la Biblia –respondió Cristiano– que si deseamos tenerlo, él nos lo otorgará de forma gratuita.

–El oír esto es suficiente para alegrar el corazón. Vamos, apuremos el paso.

Pero Cristiano respondió:

–No puedo ir tan rápido como quisiera debido a la carga que tengo en la espalda.

Como iban distraídos, se enlodaron en un pantano en el medio de la planicie llamado Ciénaga del Desaliento.

Flexible, enojado ahora, le gritó a Cristiano:

–¿Es esta la alegría y el placer del que me hablaste? Si el viaje comienza de esta forma, ¿cómo será el resto? Si salgo vivo de aquí, puedes seguir viaje sin mí.

Partió hacia su casa y no perdió tiempo en dejar a Cristiano atrás.

Cristiano luchó a través de la Ciénaga del Desaliento hacia la portezuela, pero no pudo salir debido a la carga que tenía en la espalda. Un hombre se acercó desde el otro lado.

—¿Qué haces aquí? –preguntó el hombre.

—Estoy camino a la puerta para poder escapar de la ira venidera. Pero caí en esta ciénaga.

—¿Por qué no buscaste los pasos? –preguntó el hombre.

—El temor me siguió con tanta rapidez que caí en la Ciénaga.

—Yo soy Ayuda.

Y Ayuda tomó a Cristiano y lo colocó en el camino, explicando:

—La Ciénaga del Desaliento no se puede arreglar para que los viajeros pasen de forma segura. Es la acumulación de escoria y de suciedad que, de forma continua, surge de la convicción de pecado. Porque a pesar de que al pecador se lo saca de su condición perdida, temores, dudas y aprensiones desalentadoras aún brotan de su alma y se establecen en la Ciénaga. Al Rey no le gusta que la Ciénaga permanezca tan amenazadora. Hay, por dirección del Legislador, ciertos pasos buenos y sustanciales, colocados de forma uniforme a través del mismo centro de la Ciénaga. Sin embargo, debido a la suciedad, los pasos apenas se ven, y si los hombres están confundidos caen de todos modos.

Ahora Cristiano caminaba a través de la planicie por sí solo. Conoció al señor Sabio del Mundo, quien moraba en Política Carnal, una ciudad muy grande cerca de la Ciudad de la Destrucción. Sabio del Mundo tenía algunos indicios de Cristiano, debido a que ya se hablaba de su partida en esos lugares.

Sabio del Mundo saludó a Cristiano y le preguntó hacia dónde iba.

—A la portezuela a través de la planicie —respondió Cristiano—. Me han dicho que es la entrada al camino para deshacerse de esta carga pesada.

—¿Atenderás mi consejo? —preguntó Sabio del Mundo.

—Si es bueno, lo haré.

—No hay un camino más peligroso y problemático en el mundo que ese al cual Evangelista te ha dirigido. Escúchame, te encontrarás con abatimiento, dolor, hambre, peligro, espada, leones, dragones, oscuridad y en una palabra, muerte.

—Pero esta carga en mi espalda es más terrible para mí. No me importa qué es lo que encuentro si también hallo liberación de mi carga.

—¿Cómo obtuviste esa carga?

—Al leer la Biblia.

—Lo pensé. Les ha sucedido a otros hombres débiles también. El remedio está a la mano. En vez de los peligros, te encontrarás con seguridad, amistad y satisfacción.

—Muéstrame tu secreto.

—En el próximo pueblo, llamado Moralidad, hay un hombre cuyo nombre es Legalidad. Tiene la

13

habilidad de ayudarte a que te deshagas de la carga. Su casa está a un kilómetro y medio de aquí. Si no está en casa, su hijo, Civilidad, puede encargarse de ti tan bien como su padre lo haría. Una vez que seas sanado, puedes enviar por tu esposa e hijos para que se te unan allí, ya que hay casas que están vacías y el costo de vida es muy razonable.

Cristiano, ansioso por deshacerse de la carga, pensó que el consejo era sabio.

—Señor, ¿cuál es el camino hacia la casa de este hombre honesto?

—Debes ir a esa montaña allá. La primera casa es la suya.

—Entonces, Cristiano salió de su camino para ir a la casa de Legalidad. La carga parecía más pesada aún y la montaña pronto se vio desde el sendero y exhibió chispazos de fuego. Cristiano tembló de miedo y comenzó a arrepentirse de haber tomado el consejo de Sabio del Mundo. En ese momento vio a Evangelista que caminaba hacia él y se sonrojó de vergüenza.

—¿Qué es lo que haces aquí, Cristiano? —preguntó Evangelista.

Cristiano estaba parado sin habla delante de él.

—¿No eres el hombre con el que hablé afuera de las murallas de la Ciudad de la Destrucción?

—Sí, señor.

—¿Entonces, qué es lo que haces aquí? Estás fuera del camino que te mostré.

–Un hombre me enseñó un camino mejor, corto y no tan plagado de dificultades como al que tú me enviaste. Cuando llegué al lugar y vi el peligro que había adelante, me detuve por temor. Ahora no sé qué hacer.

Evangelista habló:

–Dios dijo: "Mis justos vivirán por la fe. Y si se retraen, no estaré complacido con ellos". Has comenzado a rechazar el consejo del Altísimo. Hiciste que tu pie retrocediera del camino de la paz.

Cristiano cayó:

–¡Pobre de mí, porque estoy deshecho!

Evangelista tomó su mano derecha.

–El Señor dice: "Cada pecado y blasfemia serán perdonados", entonces, no seas incrédulo, sino cree.

Cristiano se puso de pie y revivió un poco.

Evangelista continuó:

–Sabio del Mundo, quien aprecia solo la doctrina de este mundo, hizo estas tres cosas terribles. Primero, te desvió del camino. Segundo, despreció la Cruz en ti. Tercero, te envió camino a la muerte.

Evangelista continuó explicando de qué forma Sabio del Mundo casi confundió a Cristiano y lo desvió de la salvación. La montaña que se asomaba sobre ellos era el Monte Sinaí. Luego Evangelista movilizó a los cielos esperando confirmación.

Con estallidos de fuego, las palabras retumbaron en la montaña:

–Todos los que confían en observar la ley están

bajo una maldición, porque está escrito: "Maldito el que no continúa haciendo todo lo que está escrito en el Libro de la Ley".

–Y nadie es capaz de obedecer todas las leyes –explicó Evangelista.

Cristiano se llamó a sí mismo mil veces necio por oír el consejo de Sabio del Mundo.

Pensando que ahora no había más esperanza para él que no fuera la muerte, le preguntó a Evangelista:

–¿Es posible para mí volver a la portezuela? ¿O estoy abandonado y me envían de regreso en vergüenza? ¿Es mi pecado demasiado grande como para ser perdonado?

–Tu pecado, de hecho, es grande –dijo Evangelista–. Pero se te perdona. El hombre que está en la puerta te recibirá, porque tiene buena voluntad para con los hombres. Pero ten cuidado de no desviarte otra vez del camino, o podrías perecer.

Evangelista le había deseado ¡Que Dios te bendiga! y Cristiano se apuró, rehusando hablar con alguien hasta que halló el camino otra vez. Pronto encontró la portezuela. Sobre la pequeña puerta angosta estaba escrito: GOLPEA Y LA PUERTA SE TE ABRIRÁ.

Golpeó, diciendo:

–¿Puedo entrar aquí ahora? ¿El que está adentro me puede abrir y perdonar, a pesar de que he sido un rebelde indigno? Entonces no dejaré de levantar alabanzas.

Al final, un hombre serio vino a la puerta.

—Yo soy Buena Voluntad. ¿Quién golpea? ¿De dónde vienes? ¿Qué es lo que quieres?

—Soy un pecador pobre y cargado. Vengo de la Ciudad de la Destrucción, pero estoy yendo a la Ciudad Celestial, para recibir liberación de la ira venidera. Me dijeron que esta puerta es el camino. ¿Me permites entrar?

—Con todo mi corazón. Buena Voluntad abrió la puerta angosta y jaló con fuerza a Cristiano hacia adentro.

—¿Por qué hiciste eso? —se enojó Cristiano.

—Hay un castillo fuerte cerca de aquí donde el diablo Belcebú es el capitán. Él y un ejército disparan flechas a aquellos que vienen a esta puerta, con la esperanza de que mueran antes de entrar.

—Gracias por tu rapidez —Cristiano alabó a Buena Voluntad.

—¿Quién te envió aquí?

—Evangelista. Me dijo que tú me dirías qué hacer.

—¿Por qué vienes solo? ¿Nadie sabe que viniste?

—Sí, mi esposa y mis hijos me vieron primero y me llamaron para que regresara. Entonces, algunos de mis vecinos se unieron a su clamor. Pero me rehusé a escuchar y seguí en mi camino. A pesar de eso, me permití a mí mismo descarriarme del camino. Me sorprende que pueda entrar ahora.

—No echamos a nadie, sin importar qué es lo que hayan hecho antes de venir a nosotros —aseguró

Buena Voluntad. Luego le hizo señas a Cristiano para que lo siguiera.

—Te enseñaré acerca del camino por el cual debes ir. Mira delante de ti. ¿Ves el camino angosto? Ese es el camino por el cual debes ir. Los patriarcas, los profetas, Cristo y sus apóstoles lo trazaron. Es tan derecho como una regla lo puede hacer.

—¿Pero no hay curvas y serpenteos por el cual un extraño pueda perderse?

—Hay muchas formas que son torcidas y amplias, pero solo el camino correcto es derecho y angosto.

Luego Cristiano preguntó:

—¿Me ayudarías a quitarme la carga de la espalda? He tratado de hacerlo yo solo, pero no puedo hacerlo sin ayuda.

—Siéntete satisfecho de cargarla hasta que llegues al lugar de liberación. Allí caerá de tu espalda por sí sola.

Mientras Cristiano se preparaba para continuar el viaje, Buena Voluntad le dijo:

—Cuando hayas ido cierta distancia, llegarás a la casa de Intérprete. Te mostrará muchas cosas que te ayudarán en el viaje.

Cristiano continuó hasta que llegó a una casa. Golpeó y exclamó:

—Estoy yendo a la Ciudad Celestial. Me dijeron en la puerta que si llamaba aquí, el Intérprete me mostraría cosas excelentes.

La puerta se abrió. Un hombre dijo:

—Soy el Intérprete. Entra.

El siervo encendió una vela y Cristiano siguió al Intérprete a través de la casa hacia una habitación privada donde había un portarretrato colgado en la pared. En el cuadro un hombre muy sombrío tenía los ojos levantados al cielo, el mejor de los Libros en la mano y la Ley de la Verdad escrita en los labios. El mundo estaba a su espalda y una corona de oro colgaba sobre su cabeza. El hombre parecía suplicar a los hombres.

—¿Qué es lo que significa? —preguntó Cristiano.

—El trabajo de este hombre es conocer y revelar la oscuridad a los pecadores. Ha puesto el mundo detrás de él debido al amor que tiene por el servicio a su Maestro. Te he mostrado primero este cuadro porque este hombre es la única guía autorizada por el Señor del lugar adonde vas. Presta mucha atención. En el viaje te encontrarás con algunos que pretenden guiarte al camino correcto, pero su camino guía a la muerte.

Luego, Intérprete tomó a Cristiano de la mano y lo llevó a una sala muy grande que estaba llena de polvo. Llamó a un hombre para que barriera, e hizo el trabajo de forma tan vigorosa que Cristiano comenzó a ahogarse con el polvo. Luego Intérprete llamó a una muchacha para que trajera agua y rociara la sala. Cuando terminó, la sala estaba barrida y limpia.

—¿Y cuál es el significado de esto? —preguntó Cristiano.

–La sala es el corazón de un hombre que nunca se ha santificado por la gracia del Evangelio. El polvo es el pecado original y toda una vida de corrupciones que contaminan al hombre. El hombre que barrió es la Ley. La sirvienta que roció agua es el Evangelio. En vez de limpiar el corazón con su trabajo, la Ley aumenta el pecado en el corazón, porque no da poder para vencerlo. El Evangelio vence el pecado y el corazón se limpia, listo para que entre el Rey de la Gloria.

Intérprete llevó a Cristiano a otra sala donde había dos niños sentados en sillas. El niño mayor, Pasión, estaba inquieto. El menor, Paciencia, estaba sentado tranquilamente.

Cristiano preguntó:

–¿Cuál es la razón del descontento de Pasión?

Intérprete dijo que les habían dicho que esperaran un año para la recompensa. Pero Pasión quería todo ahora, mientras que Paciencia deseaba esperar. Luego, alguien le llevó a Pasión una valija con un tesoro, lo cual hizo que se alegrara y despreciara a Paciencia. Pero despilfarró el tesoro y se convirtió en harapos.

–Explícame esto –dijo Cristiano.

–Pasión es una figura para los hombres de este mundo que quieren todo ahora. Paciencia es una figura para los hombres que esperan ese mundo que está por venir. Hombres como Pasión, creen en el proverbio "Más vale pájaro en mano que cien volando".

–Veo que Paciencia tiene más sabiduría debido

a que espera por las cosas mejores; y en el mundo que está por venir tendrá mucho cuando Pasión solo tendrá harapos.

–Y hay un beneficio más –agregó Intérprete–. Las recompensas del próximo mundo nunca se gastan, mientras que las alegrías de este mundo no duran. Porque el primero le debe dar lugar al último, pero el último no le da lugar a ninguno, porque no hay otro que lo siga.

–Veo ahora que es mejor esperar por las cosas que van a venir.

–Eso es verdad. "Porque lo que se ve es temporal, pero lo que no se ve es eterno".

Luego Intérprete tomó a Cristiano y lo llevó a la sala donde ardía fuego en una pared. Un demonio estaba al lado, lanzando agua sobre el fuego de forma constante. Sin embargo, el fuego ardía más alto y más caliente.

–¿Qué significa? –preguntó Cristiano.

–El fuego es la obra de la gracia forjada en tu corazón. El hombre que trata de extinguir el fuego es el diablo. Ven conmigo.

Intérprete lo guió hasta el otro lado de la pared. Una figura escondida desde la otra habitación lanzaba aceite de un frasco, de forma continua, hacia el fuego.

–¿Qué significa? –preguntó Cristiano.

–Este es Cristo, quien constantemente mantiene el fuego encendido en tu corazón con el aceite de su gracia. Es difícil para el tentador ver de qué forma la obra de la gracia se mantiene en el corazón.

Luego Intérprete llevó a Cristiano a un lugar agradable con un palacio hermoso, majestuoso. Sobre el balcón superior, muchas personas, vestidas en oro caminaban.

—¿Podemos entrar?

Intérprete lo guió hacia la puerta del palacio. Un grupo grande de hombres estaba alrededor de la puerta, querían entrar pero no tenían la valentía de ir más allá. Fuera del lugar, un hombre sentado a la mesa con un libro y un tintero, esperaba para tomar el nombre de cualquiera que entrara. En la puerta había muchos hombres armados decididos a herir a cualquiera que intentara entrar al palacio.

Un hombre audaz se acercó al hombre de la mesa y le dijo:

—Escriba mi nombre, señor.

Con eso, el hombre audaz sacó la espada, se puso un casco y, con fiereza se abrió camino a través de los hombres armados que estaban a la puerta. Finalmente prevaleció y entró al palacio. Adentro, una voz agradable cantó:

—Entra, entra, gloria eterna obtendrás. Y el hombre estaba vestido con ropas muy finas.

—Conozco el significado de esto —dijo Cristiano—. Permíteme entrar al camino.

—No —dijo él Intérprete—. No hasta que te haya enseñado más.

Llevó a Cristiano a una habitación muy oscura, donde estaba un hombre sentado en una jaula de hierro. Los ojos del hombre estaban bajos, las manos juntas y suspiraba como si estuviera acongojado. El Intérprete animó a Cristiano para que hablara con el hombre.

—¿Quién eres? —preguntó Cristiano.

—Soy lo que no fui una vez.

—Entonces, ¿qué eras tú?

—Una vez fui un profesor exitoso, tanto en mi propia estima como ante los ojos de otros. Una vez pensé que estaba en el camino hacia la Ciudad Celestial y tuve la alegría de la anticipación de mi llegada allí.

—¿Qué eres ahora?

—Soy un hombre de desesperanza, encerrado en esta jaula de hierro.

—Pero, ¿cómo llegaste a este estado?

—Pequé contra la luz de la Palabra y de la bondad de Dios. Y entristecí al Espíritu y se ha ido. Tenté al diablo y vino a mí. Provoqué a Dios a ira y me ha dejado. También he endurecido tanto el corazón que no me puedo arrepentir. ¡Oh eternidad! ¡Eternidad!

Luego Cristiano se volvió al Intérprete y preguntó:

—¿No hay esperanza para este hombre?

—Pregúntale —dijo el Intérprete.

—No hay esperanza —dijo el hombre en la jaula de hierro en respuesta a la pregunta de Cristiano.

—Pero el Hijo del Bendito es compasivo y misericordioso.

—Lo crucifiqué de nuevo. He despreciado su persona y su justicia, he tomado su sangre como algo profano y he despreciado el Espíritu de gracia. Por lo tanto todo lo que me queda es cierto juicio.

—¿Por qué llegaste a esta condición?

—Por la lujuria, los placeres y las ganancias de este mundo que me trajeron tanto deleite. Pero ahora me muerden y me carcomen como un gusano ardiente.

Luego el Intérprete dijo a Cristiano:

—Recuerda la miseria de este hombre y permite que sea una alerta eterna para ti.

—Dios me ayude a evitar la causa de la miseria de este hombre. ¿No es hora de que me vaya?

—Espera hasta que te muestre una cosa más.

El Intérprete guió a Cristiano a otra habitación. Un hombre se levantó de una cama, temblaba.

—¿Por qué este hombre tiembla de esta manera? —le preguntó Cristiano al Intérprete, quien le pidió al hombre que respondiera.

El hombre dijo:

—Soñé que los cielos arriba eran negros, y con truenos y relámpagos que destellaban. De repente una trompeta retumbó. En fuego flameante había un Hombre en una nube, a quien miles observaban. Una voz dijo: "Levántense, ustedes los muertos. Vengan a juicio". Las piedras se partieron, las tumbas se abrieron y los muertos que estaban enterrados resucitaron. Algunos de ellos estaban muy felices y miraban hacia arriba, pero algunos se escondían debajo de las montañas. Después el Hombre en la nube abrió un libro y les pidió a todos que se acercaran. Pero una llama feroz evitó que las personas se acercaran tanto, así que la distancia que había era como la distancia entre el juez y los prisioneros. Una voz gritó: "Júntense la cizaña, la paja y el rastrojo. Arrójenlos en el lago ardiente". Un hoyo sin fondo se abrió, emitiendo humo y sonidos horrendos. "Júntese mi trigo en el granero", gritó la voz. Muchas personas eran llevadas por las nubes. ¡Pero a mí me dejaron! Traté de esconderme, pero no pude, porque el Hombre que estaba sentado sobre la nube tenía los ojos sobre mí. Mis pecados vinieron a mi mente y la conciencia me acusó por todos lados. Luego me desperté...

—Pero, ¿qué es lo que te dio tanto miedo del sueño? –preguntó Cristiano.

—Pensé que el Día del Juicio había llegado y que no estaba listo para eso. Pero lo que más me atemorizó fue que los ángeles reunieron a muchos otros y me dejaron atrás. La conciencia me molestó y el Juez, constantemente, me observaba, mostrando indignación en su semblante.

–¿Has considerado estas cosas? –le preguntó el Intérprete a Cristiano.

–Sí y me dan esperanza y temor.

–Recuérdalas para que te mantengan en el camino que debes ir.

Luego Cristiano se preparó para seguir el viaje.

El intérprete lo envió por su camino, diciendo:

–El Consolador siempre está contigo, buen Cristiano, para guiarte en el camino que te lleva a la Ciudad Celestial.

Entonces Cristiano siguió su camino, diciendo:

Aquí he visto cosas raras y beneficiosas, cosas agradables, espantosas, cosas para equilibrarme, en lo que he comenzado a atender; entonces, permítanme pensar acerca de ellas y comprender qué es lo que me mostraron, y permitirme ser agradecido, oh, buen Intérprete, para ver.

El camino estaba cercado en ambos lados por una muralla llamada Salvación. Cristiano corrió, pero no sin gran dificultad debido a la carga que tenía en la espalda. Llegó a una subida, y allí estaba una cruz y debajo un sepulcro. Justo cuando llegó a la cruz, la carga cayó de la espalda sobre la abertura del sepulcro.

Con un corazón agradecido, Cristiano dijo:

–Me ha dado descanso a través de su dolor y vida a través de su muerte. Luego estuvo un rato mirando y maravillándose de que la vista de la cruz hubiera facilitado su carga de forma tan sencilla.

Mientras estaba parado, miraba la cruz y lloraba, tres Seres Brillantes vinieron a él.

–Paz sea contigo –dijeron–. Y uno agregó:

–Los pecados te son perdonados. Otro lo despojó de las vestiduras y lo vistió con un abrigo bordado y otras vestimentas ricas. El tercero le puso una marca en la frente y le dio un certificado enrollado con un sello.

–Míralo mientras vas –dijo el Ser Brillante–, y preséntalo en la Puerta Celestial.

Cristiano dio tres brincos de alegría y siguió el camino cantando:

Qué lejos llegué cargado con mi pecado; nada podía aliviar el dolor en el que estaba, hasta que llegué aquí: ¡Qué lugar es este! ¿Puede ser este el comienzo de mi dicha? ¿Es aquí donde la carga cae de mi espalda? ¿Es aquí donde las cuerdas de la esclavitud se rompen? ¡Bendita cruz! ¡Bendito sepulcro! ¡Bendito más bien sea el Hombre que allí fue puesto en vergüenza por mí!

Cuando llegó al pie de la montaña, vio a tres hombres profundamente dormidos un poco afuera del camino. Tenían los tobillos encadenados. Cristiano gritó:

—Despiértense y huyan. Les ayudaré a despegarse de las cadenas de acero. El diablo anda como un "león rugiente". Seguramente se convertirán en presa de sus dientes.

—No veo ningún peligro —dijo el que se llamaba Simplicidad.

—Después de que durmamos un poco más —respondió el que se llamaba Pereza.

—Zapatero a tus zapatos —dijo el tercero, Arrogancia—. Déjanos solos.

Y los hombres se volvieron a dormir.

Cristiano continuó, apenado porque los hombres tuvieran tan poca consideración a su ofrecimiento de ayudar. Pronto vio a dos hombres que venían trepando sobre la muralla para entrar en el camino angosto. Se apuraron para ponerse al lado de Cristiano.

—¿De dónde vinieron? —preguntó Cristiano—. Y ¿adónde van?

—Somos Formalista e Hipocresía —dijeron—. Nacimos en Vana Gloria y nos dirigimos a la Ciudad Celestial para que nos alaben.

—¿Por qué no entraron por la puerta que está al comienzo del camino? ¿No saben que está escrito: "El hombre que no entra por la puerta, sino que trepa de alguna otra forma, es un ladrón y un asaltante"?

Respondieron:

–Es demasiado lejos. Entonces nuestra costumbre por más de cien años es tomar un atajo, como viste.

–Pero ¿no se lo contará como una transgresión contra el Señor de la Ciudad Celestial? ¿No violaron su voluntad revelada?

–No te preocupes –dijeron Formalista e Hipocresía–. Tenemos la tradición de nuestro lado y ellos tienen testigos que podrían probar que no se han desviado de lo aceptado.

–Pero, ¿la tradición de ustedes pasará un juicio de ley?

–Ya que la tradición es una de larga trayectoria, cualquier juez imparcial lo consideraría legal. Estamos en el camino, al igual que tú. Entonces, ¿por qué tu estado es mejor que el nuestro?

–Camino de acuerdo con la regla del Maestro. Ustedes lo hacen por la escabrosa obra de sus propios deseos. El Señor del Camino ya los considera ladrones. Entonces dudo que sean hallados hombres verdaderos al final del camino. Vinieron por sus propios medios sin su dirección y saldrán por sus propios medios, sin misericordia.

Los dos hombres no respondieron. Por un tiempo, le acompañaron de forma silenciosa.

–Guardamos las leyes y las ordenanzas de forma tan consciente como tú –dijeron Formalista e Hipocresía–. Por lo tanto, no vemos de qué forma eres diferente a nosotros, excepto por tu abrigo. Pero entendemos que algunos de tus vecinos te lo dieron para esconder la vergüenza de tu desnudez.

—Pero las leyes y las ordenanzas no les salvarán, ya que no han entrado por la puerta —explicó Cristiano—. Sin embargo, el Señor de la Ciudad Celestial me dio el abrigo para cubrir mi desnudez. Lo tomo como una señal de su amabilidad hacia mí, porque no tenía nada, excepto harapos. Quizás no hayas notado, pero tengo una marca en la frente. Uno de los socios más íntimos de mi Señor lo colocó allí el día que la carga cayó de mis hombros. Me dieron este rollo sellado para consolarme con la lectura mientras voy por el camino y cuando llegue a la Ciudad Celestial, debo devolverlo en la puerta como una señal de mi salvación. Ustedes carecen de todas estas cosas porque no entraron por la puerta.

Los dos se miraron el uno al otro y se rieron. Mientras seguían por el camino, Cristiano se adelantó a sus dos acompañantes. Los tres continuaron en el camino, con Cristiano al frente. Con frecuencia, se refrescaba leyendo el rollo.

Pronto llegaron a una vertiente al pie de la Colina de la Dificultad. Cristiano bebió del manantial y vio que el camino angosto iba derecho hacia arriba de la colina.

Cristiano comenzó a subir la colina mientras decía:

Esta colina, a pesar de que es alta, anhelo ascen-
*   derla*
para mí, la dificultad no ofenderá.
Porque percibo que el camino a la vida reside
*   aquí:*
Ven, ten valor corazón, no desmayemos ni tema-
*   mos;*
mejor, aunque difícil, por el camino correcto ir
que el incorrecto, aunque fácil, donde el final es
*   aflicción.*

Otros dos caminos estaban cerca de la base de la colina. Suponiendo que lo llevaría de regreso al camino donde estaba Cristiano, uno de los dos hombres que seguía a Cristiano tomó el camino llamado Destrucción. Lo llevaba a un campo amplio lleno de montañas oscuras donde tambaleó y cayó y nunca más se levantó. El otro tomó el camino llamado Peligro, el cual lo llevó a un bosque grande.

Mientras Cristiano subía, se agachó para trepar a gatas debido a la pendiente. Aproximadamente a mitad de camino había una enramada agradable hecha por el Señor de la Colina para los viajeros cansados. Cristiano se sentó a descansar y leer su rollo para reconfortarse. Contento, se quedó dormido y el rollo se le cayó de la mano.

Cuando era casi de noche, alguien encontró a Cristiano que dormía y lo sobresaltó del sueño, dijo:

—¡Ve a la hormiga, tú, perezoso, considera sus caminos y sé sabio!

Avergonzado, confundió el camino hacia la colina. Dos hombres corrieron hacia él.

—Señores, ¿cuál es su problema? Corren hacia el lugar equivocado —gritó Cristiano.

—Íbamos camino hacia la Ciudad Celestial, pero mientras más lejos íbamos, con más peligro nos encontrábamos —dijo un hombre llamado Temeroso— por lo tanto, dimos la vuelta para regresar.

—Delante de nosotros había una pareja de leones —dijo el otro hombre, Desconfianza—. No sabemos si estaban despiertos o dormidos. Pero teníamos temor de que si llegábamos cerca de su alcance, nos despedazarían.

—Me hacen atemorizar también —dijo Cristiano—. Pero, ¿a dónde huiría para tener seguridad? Volver a mi propio país es muerte segura. Está destinado al fuego y al azufre y ciertamente moriría allí. Si puedo llegar a la Ciudad Celestial, por cierto estaré seguro. Entonces regresar no es otra cosa que muerte. Seguir adelante es temor a la muerte y más allá, ¡vida eterna! Seguiré hacia adelante.

Temeroso y Desconfianza corrieron a toda prisa montaña abajo. Pensando en lo que les había dicho Cristiano. Buscó el rollo para reconfortarse y descubrió que no estaba. Con mucha angustia, trató de pensar dónde podría haberlo perdido. Luego recordó que se había dormido en la enramada. Cayó sobre sus rodillas y le pidió a Dios que lo perdonara por dormirse de forma insensata. Luego volvió para buscar el rollo, lamentándose por su sueño pecaminoso:

—¡Oh, qué miserable que soy!

En el camino, miraba a ambos lados del sendero en caso de que se hubiera caído en el camino. De regreso a la enramada, su dolor se renovó.

—¿Cómo me pude dormir durante el día? ¿Por qué me dormí en el medio de la dificultad? ¿Por qué gratifiqué la carne de forma egoísta y tomé ventaja de la enramada que el Señor de la Colina erigió solo para el alivio de los peregrinos? ¡Qué pérdida de tiempo que debiera caminar esta parte del sendero más de tres veces, cuando solo lo debería haber hecho una vez!

Finalmente miró debajo del sitio donde había estado sentado y descubrió el rollo. Lo recogió y lo colocó en el bolsillo del pecho para custodiarlo.

¡Cuánta fue su alegría al encontrar el certificado enrollado! Era la garantía de su vida, de la aceptación en la Puerta Celestial. Le agradeció a Dios por dirigir su mirada hacia el rollo.

Continuó su camino, escalando la montaña con destreza una vez más. Pero cuando el sol se puso, lamentó la mala suerte que lo tenía caminando en la oscuridad. Recordó la historia que Temeroso y Desconfianza le habían contado acerca de los leones.

De repente, vio un palacio majestuoso al lado del camino. Corrió esperando que lo hospedaran allí. Entró a un pasaje muy angosto que lo llevaba a la casa del cuidador y vio dos leones justo adelante. Con temor, pensó en dar la vuelta como Temeroso y Desconfianza habían hecho. Porque ahora nada, excepto la muerte estaba delante de él. Se detuvo. ¿Debería regresar?

El guardián que estaba a la puerta, llamado Vigilante, vio que Cristiano se había detenido y le gritó:

—¿Es tan pequeña tu fuerza? No temas a los leones. Están encadenados y probarán la autenticidad de tu fe. Mantente en el medio del sendero y no serás dañado.

Temblando, Cristiano pasó frente a los leones. Oyó los rugidos, pero no le hicieron daño. Luego batió sus manos y corrió hacia la puerta del guardián.

—Señor, ¿qué palacio es éste? —preguntó al hombre que le había alentado para que tuviera ánimo.

—Este es el Palacio Hermoso que fue construido por el Señor de la Colina para el alivio y la seguridad de los peregrinos —respondió Vigilante—. ¿De dónde eres y hacia dónde vas?

—Vengo de la Ciudad de la Destrucción y voy a la Ciudad Celestial.

—¿Cómo te llamas?

—Mi nombre ahora es Cristiano, pero antes me llamaba Desgraciado.

—El sol se ha puesto. ¿Por qué estás tan atrasado?

Después de que Cristiano relatara su insensatez al perder el rollo, el guarda dijo:

—Llamaré a una de las vírgenes. Si le gusta como hablas, te llevará adentro con el resto de la familia— e hizo sonar un timbre.

Salió una hermosa pero muy seria sirvienta llamada Discreción.

—Este es Cristiano, viene de la Ciudad de la Destrucción y va hacia la Ciudad Celestial. Ha pedido que lo hospedemos aquí esta noche. Después de que hayan hablado con él, pueden hacer lo que les parezca mejor de acuerdo con la ley de la casa.

Ella le hizo muchas preguntas. Finalmente, sonrió con lágrimas en los ojos y llamó a otros miembros de la familia: Prudencia, Piedad y Caridad. Ellas, también, lo interrogaron antes de invitarlo al palacio, diciendo:

—Entra, tú que eres bendito. El Señor de la Colina construyó este palacio para nosotros, para que hospedemos a los peregrinos a lo largo del camino.

Cristiano inclinó la cabeza y las siguió al palacio. Se sentó y le dieron algo para beber. Las cuatro mujeres decidieron interrogar al Peregrino un poco más mientras esperaban la cena.

Piedad preguntó:

—¿Qué te llevó al principio a convertirte en un peregrino?

—El temor a la destrucción inevitable que me esperaba. Y Cristiano continuó con la descripción del viaje.

–Pero, ¿cómo saliste de tu país de esta forma?

–Estaba bajo el control de Dios. Cuando estaba bajo el temor de la destrucción, no sabía para dónde ir. Pero por casualidad, Evangelista me buscó y me dirigió hacia la portezuela donde encontré el camino.

–¿No pasaste por la casa del Intérprete? –preguntó Piedad.

–Sí –dijo Cristiano–. Y vi muchas cosas allí que estarán en mi memoria mientras viva.

–¿Qué otra cosa has visto a lo largo del camino?

–Fui por un camino corto desde la casa del Intérprete, donde vi a Uno que estaba colgado y que sangraba en una cruz. El solo hecho de mirarlo hizo que la carga se cayera de mi espalda.

Piedad le hizo a Cristiano unas pocas preguntas más acerca de las cosas que había visto a lo largo del camino.

Luego Prudencia le preguntó:

–¿Aún no cargas con algunos deseos del mundo?

–Sí, pero en gran medida contra mi voluntad. Los impulsos carnales son ahora mi aflicción –respondió Cristiano–. Me encantaría no volver a pensar nunca más en esas cosas. Pero cuando quiero hacer las cosas mejores, aquello que es peor está conmigo.

–¿Qué es lo que te hace desear ir a la Ciudad Celestial? –preguntó Prudencia.

–Espero verlo a Él vivo, a quien colgaba muerto en la Cruz. Espero deshacerme de todas las cosas que hasta el día de hoy son una molestia en mi vida. Allí no hay muerte. Para decirte la verdad, lo amo porque quitó mi carga. Estoy cansado de la dolencia interna. Anhelo estar donde nunca moriré, con la compañía que aclamará de forma continua: "Santo, Santo, Santo es el Señor Todopoderoso".

Caridad preguntó:

–¿No eres casado?

–Tengo una esposa y cuatro hijos.

–¿Por qué no los trajiste contigo?

Sollozando, Cristiano dijo:

–¡Oh, cuánto deseo que vinieran! Pero estaban en contra de mi peregrinación.

–Deberías haber hablado con ellos y tratado de enseñarles el peligro de quedarse atrás –insistió Caridad.

–Les dije lo que Dios me había mostrado de la destrucción de nuestra ciudad. Pero les pareció que me burlaba y no me creyeron.

–¿Y oraste a Dios para que bendijera el consejo que les dabas?

–Sí, y con mucho amor, porque debes saber que amo a mi esposa e hijos mucho.

–¿Les contaste de tu propio dolor y temor a la destrucción?

–Una y otra vez. Pero aún así fui incapaz de persuadirlos para que vinieran conmigo.

–Pero, ¿qué razón te dieron para no ir contigo?

–Mi esposa tenía temor de perder su mundo y mis

hijos amaban los deleites absurdos de la juventud. Así es que me dejaron para que siguiera este sendero solo. Sé que no soy perfecto, pero no pude hacer o decir nada para persuadirlos a que se me unieran.

Después de eso, se sentaron para una cena de comida rica y vino fino. Toda su conversación fue acerca del Señor de la Colina. Lo veían como a un gran guerrero que había luchado y asesinado a quien tenía el poder sobre la muerte. Lo hizo con la pérdida de mucha sangre. Pero aquello que puso gloria de gracia en todo lo que hizo, fue que lo hizo por amor puro. Algunos en el grupo familiar decían que lo habían visto desde que había muerto en la Cruz y que ningún amor mayor hacia los pobres peregrinos se iba a encontrar desde el este hasta el oeste. De esta manera hablaron hasta tarde en la noche.

Después de que oraron y le pidieron al Señor por protección, fueron a la cama. Cristiano durmió en una habitación grande en la parte de arriba del Palacio Hermoso llamado Paz.

En la mañana se levantó con el sol saliente y cantó:

¿Dónde estoy ahora? ¿Es éste el amor y cuidado
de Jesús, hacia los hombres que son peregrinos?,
¿Él proveyó? Para que yo fuera perdonado,
¡Y ya morara en la puerta de al lado del cielo!

Sus anfitrionas le dijeron que no debería irse hasta que no le mostraran las maravillas del palacio. En el estudio, le mostraron la genealogía del Señor de la Colina, que era Hijo del Anciano de Días, desde una generación eterna. Aquí también estaban registrados de forma más completa los actos que había realizado y los nombres de muchos cientos que habían aceptado su servicio. Luego leyeron algunos de los actos dignos que sus siervos habían hecho, cómo habían "conquistado reinos, administrado justicia y obtenido lo que se les había prometido; quiénes cerraron la boca de los leones, extinguieron la furia de las llamas y escaparon del filo de la espada; a quiénes la debilidad les fue convertida en fuerza; y quiénes se volvieron poderosos en batalla y encaminaron ejércitos extranjeros".

Luego leyeron testimonios que mostraban qué tan deseoso estaba su Señor de recibir en su favor a toda la humanidad, a pesar de que en tiempos pasados le habían hecho grandes afrentas a su persona y a su trabajo. También había muchas otras historias que hablaban de cosas tanto antiguas como modernas, junto con los relatos del cumplimiento de ciertas profecías y predicciones que trajeron temor sobre los enemigos y consuelo para los peregrinos.

Al día siguiente lo llevaron a la armería y le mostraron todo tipo de armas que el Señor había provisto para los peregrinos: espada, escudo, yelmo, peto, oración y calzado que no se gastarían. Había tantos atavíos para hombres del servicio del Señor como estrellas hay en los cielos. También le mostraron la vara de Moisés; el martillo y la estaca con el cual Jael mató a Sísara; las trompetas, los cántaros y las lámparas con las cuales Gedeón venció al ejército de Madián; la quijada con la cual luchó Sansón; la honda y la piedra con la cual David mató a Goliat; y la espada que su Señor usará para matar al Hombre del Pecado en los últimos días.

En el tercer día, Cristiano planeó retomar su peregrinación una vez más. Pero el día estaba claro y lo llevaron a la cima del palacio para mostrarle la vista. Le dijeron que mirara hacia el sur. Cuando lo hizo, vio el país montañoso más placentero en la distancia, con bosques, viñas, frutos de todo tipo, flores, manantiales y fuentes.

—¿Qué país es este? —preguntó Cristiano.

—La Tierra de Emanuel —dijeron— es tan conocida como la Colina de la Dificultad para todos los peregrinos. Cuando llegues allí podrá ver las puertas de la Ciudad Celestial. Cualquiera de los pastores que viven allí estará feliz de mostrarte.

Otra vez, Cristiano deseó seguir su camino.

—Pero primero —dijeron las anfitrionas— permítenos que vayamos otra vez a la armería. Y allí lo equiparon de pies a cabeza con una armadura, para protegerlo si se encontraba con asaltantes en el camino.

Vestido de esta forma, Cristiano caminó con sus

amigas, Discreción, Piedad, Caridad y Prudencia descendiendo la colina.

Mientras pasaban el guarda a la puerta, Cristiano preguntó:

–¿Has visto a algunos peregrinos pasar por la puerta?

–Sí –respondió el guarda.

–¿Lo conocías?

–Me dijo que su nombre era Fiel.

–Oh, lo conozco –dijo Cristiano– es un compañero de la ciudad, un vecino cercano del lugar donde nací. ¿Qué tan lejos de mí está él?

–Debe estar al pie de la colina ahora.

Entonces, Cristiano y sus amigas continuaron juntos hasta que llegaron donde el sendero comenzaba hacia abajo de la colina.

–Parece tan peligroso hacia abajo como lo fue hacia arriba –dijo.

–Sí, –confirmó Prudencia–. Es difícil para un hombre ir hacia el Valle de la Humillación sin tropezar. Esa es la razón por la cual vamos contigo.

Entonces, Cristiano comenzó el viaje largo y difícil descendiendo la colina con mucho cuidado. Sin embargo, se resbaló una o dos veces.

Al pie de la montaña, sus buenas compañeras le dieron una rebanada de pan, una botella de vino y una bolsa de pasas.

Y siguió su camino.

Cristiano solo se había internado un poco en el Valle de la Humillación cuando vio a un demonio apestoso que venía sobre el campo para encontrarse con él. Con temor, Cristiano pensó ansiosamente si debía dar vuelta o detenerse. Pero cuando se dio cuenta de que no tenía armadura en la espalda y darse vuelta le daría al demonio una ventaja mayor para atravesarlo con los dardos, decidió enfrentarlo.

Así es que siguió hasta que el demonio estuvo delante de él. El monstruo era horrendo al contemplarlo. Escamoso como un pez, tenía alas como las de un dragón y pies como los de un oso. De su estómago salía fuego y humo. Su boca tenía colmillos como los de un león.

El demonio miró hacia abajo a Cristiano con arrogancia.

—¿De dónde vienes? y ¿a dónde vas? —exigió el monstruo.

—Vengo de la Ciudad de la Destrucción, el cual es un lugar de maldad y voy a la Ciudad Celestial.

—Por esto, percibo que eres uno de mis súbditos, porque todo país malvado es mío. Soy Apolión, el príncipe y dios de esta tierra. ¿Por qué has huido de tu rey? No era de esperarse que huyeras de mi servicio, te haré caer de un soplido hacia el piso.

—Nací en tu imperio, pero tu servicio es difícil y los salarios no eran suficientes para que un hombre viviera. "Porque la paga del pecado es muerte". Por eso, quiero sanarme. Voy a la Ciudad Celestial.

–Ningún príncipe perdería a sus súbditos de forma tan ligera. Ya que te quejas de mi servicio y de mi paga, regresa a la Ciudad de la Destrucción. Lo que mi país puede afrontar, prometo dártelo.

–He entregado mi vida al Rey de los Príncipes. ¿Cómo puedo regresar contigo?

–Has hecho de acuerdo al proverbio y cambiado mal por peor. Pero es muy común para aquellos que han profesado ser sus siervos regresar a mí. Si también lo haces, todo estará bien.

–Le he entregado mi fe y he jurado mi lealtad a Él. ¿Cómo puedo regresar y no ser colgado como un traidor?

–Hiciste lo mismo conmigo –dijo Apolión–. Sin embargo deseo olvidarlo todo si te arrepientes y regresas.

–Te prometí obediencia cuando era demasiado joven como para saber qué era lo mejor. El Príncipe bajo cuyo estandarte estoy ahora es capaz de absolverme y perdonarme todo lo que hice en conformidad contigo. Además, me gusta Su servicio, Su paga, Sus siervos, Su gobierno, Su compañía y Su país mucho más que los tuyos. Por lo tanto, déjame solo. Soy Su siervo. Yo soy Su siervo y lo seguiré.

–Reconsidera los caminos con la cabeza fría. ¿No sabes cuántos de sus siervos han sido llevados a

muertes vergonzosas? Además, nunca viene personal-
mente para liberar a alguno que lo haya servido en mi
país. Sin embargo, ¿cuántas veces yo he liberado, por
medio de poder o de fraude, a aquellos que me han
servido de forma fiel? De la misma forma, te liberaré.

–Espera liberarlos con determinación, probar su
amor, para ver si estarán con Él hasta el fin. Y el final
malo al que tú dices que llegan, eso es gloria a su cuenta. Sus siervos no esperan liberación inmediata, prefie-
ren esperar hasta que el Príncipe venga en su gloria.

–Ya le has sido infiel. ¿Por qué piensas que te pa-
gará salario por eso?

–¿Cuándo le he sido infiel? –exigió Cristiano.

–Casi te ahogas en la Ciénaga del Desaliento.
De varias formas trataste de deshacerte de la carga
cuando debías haber esperado hasta que el Príncipe
te la quitara. Te dormiste y perdiste el rollo. Casi das
marcha atrás a la vista de los leones. Y cuando hablas
acerca del viaje y de lo que has oído y visto a lo largo
del camino, en tu interior deseas alabanza en todo lo
que dices y haces.

–Todo eso es verdad y mucho más. Pero el Príncipe al cual sirvo es misericordioso y dispuesto a
perdonar.

Entonces Apolión estalló con una furia terrible:

–Este Príncipe es mi enemigo. Odio Su persona,
Sus leyes y Su gente. He venido a propósito para pa-
rarme en tu contra.

–Apolión, ten cuidado con lo que haces, porque estoy en el camino del Rey, el camino de la santidad. Por lo tanto, ten cuidado.

Después, Apolión se sentó a horcajadas en el camino.

–No tengo temor. Prepárate para morir –y lanzó una flecha encendida.

Cristiano lo bloqueó con el escudo. Las flechas venían de forma tan densa como el granizo. Cristiano tenía heridas en la cabeza, mano y pie. Retrocedió y Apolión lo siguió. Cristiano tomó coraje otra vez y resistió lo mejor que pudo. El combate duró medio día. Apolión rugía de forma horrible todo el tiempo. Cristiano se debilitó más y más.

Percibiendo la oportunidad, Apolión azuzó a Cristiano para luchar. Este se cayó y la espada voló de su mano.

–Estoy seguro de la victoria ahora –rugió Apolión.

Pero mientras Apolión retrocedía para respirar, la mano de Cristiano, que andaba a tientas encontró la espada.

–No te regodees de mí, ¡mi enemigo! A pesar de que he caído, me levantaré. Y diciendo esto le dio a Apolión un empujón mortal, que lo hizo tambalearse hacia atrás como si hubiese recibido un soplido mortal.

Cristiano lo enfrentó otra vez, diciendo:

–"Más aún, en todas estas cosas somos más que vencedores a través de Aquel que nos amó".

Cuando el monstruo vio a Cristiano listo para atacar otra vez, extendió las alas y escapó a toda velocidad.

Al finalizar la batalla, Cristiano dijo:

—Le daré gracias a Él, quien me ha liberado de la boca del león.

Agradecido cantó:

Gran Belcebú, el capitán de este demonio,
diseñó mi ruina, y para tal fin
envió al demonio dispuesto, hecho una furia
infernal, me atacó ferozmente:
Pero el bendito Miguel me ayudó, y yo,
con golpe de espada, con rapidez lo hice volar:
con la ayuda de Miguel, me permitió dar ala-
      banza duradera.
Y agradecer y bendecir su santo nombre siempre.

Luego se le acercó una mano con hojas del Árbol de la Vida. Cristiano las aplicó sobre las heridas y estas sanaron de forma inmediata. Comió el pan y bebió el vino que le habían dado en el Palacio Hermoso. Luego, con la espada desenfundada, dejó el valle para entrar a otro: ¡el Valle de la Sombra de Muerte!

Cristiano tuvo que cruzar este valle debido a que el camino hacia la Ciudad Celestial lo atravesaba. El profeta Jeremías lo describió como un desierto, una tierra desolada y de pozos, una tierra de sequía y de sombra de muerte, una tierra a través de la cual ningún hombre que no sea un Cristiano pasa, una tierra donde no mora ningún hombre.

Cuando Cristiano llegó al límite del valle, dos hombres corrieron hacia él.

—¡Regresa! ¡Regresa! —gritaron— si anhelas vida o paz.

—¿Con qué se han encontrado? —preguntó Cristiano.

—¡Vaya! El valle en sí mismo, es oscuro como un pozo. También vimos duendes, sátiros y dragones. Oímos aullidos y gritos continuos de personas en miseria indecible, atados con hierros. Sobre la cabeza cuelgan nubes de confusión. La muerte revolotea en todos lados. Es horrible, un completo caos.

—Pero es el único camino a mi refugio deseado —dijo Cristiano.

—Está bien para ti, pero no elegiremos eso para nosotros —dijeron los hombres antes de separarse de Cristiano.

Entonces Cristiano continuó, con la espada desenfundada en la mano preparado por si lo asaltaran. Hacia la derecha había una zanja muy profunda, a la cual los ciegos habían guiado a otros ciegos por todos los tiempos. Hacia la izquierda había un cenagal muy peligroso que no tenía fondo. El sendero aquí era muy angosto, haciéndosele difícil a Cristiano no caer en la zanja a la derecha y o en el cenagal a la izquierda. Cristiano suspiraba amargamente pues con frecuencia se encontraba con tal oscuridad que no podía ver dónde poner el pie mientras seguía adelante.

Pronto llegó más donde las llamas y el humo eran tan abundantes –con chispazos y gritos abominables– que se dio cuenta de que su espada de nada le servía ahora. Tenía otra arma: la oración. Continuó por un largo camino con las llamas rodeándolo. Oyó muchas voces que se lamentaban, pies que corrían, por eso, pensó que quizás lo destrozaban en pedazos o lo hollaban en las calles. Clamó "en el nombre del Señor": –¡Oh Señor, sálvame!

Llegó a un lugar en el que escuchó a un grupo de demonios que se arrastraban hacia él y se detuvo. Por una parte pensó en regresar, pero sabía que los peligros de regresar serían más que los de seguir adelante. No obstante, los demonios se acercaron más y más.

Clamó con una voz ardiente:

–¡Caminaré "con la fuerza del Señor"!

Los demonios desaparecieron.

Pero ahora Cristiano estaba tan confundido que no conocía su propia voz. Después de que pasó el pozo ardiente, uno de los malvados se paró detrás de él. El demonio le susurraba blasfemias inmorales, haciéndole creer que venían de su propia mente. Estaba afligido por pensar que ahora podría blasfemar contra Aquel que amaba tanto, sin embargo sabía que si hubiese podido evitarlo, no lo habría hecho.

Después de un tiempo considerable oyó una voz adelante:

—Aunque ande en valle de sombra de muerte, no temeré mal alguno, porque tú estarás conmigo.

Cristiano se calmó. Alguien más que temía al Señor y a quien pronto esperaba encontrar estaba en este valle. Y Dios estaba con él. Mientras caminaba, llamó a quien había oído, pero no recibió respuesta alguna. Cuando llegó la mañana Cristiano miró atrás, en la oscuridad, para ver qué era lo que había atravesado. Estaba profundamente conmovido por haber sido librado de tales peligros.

No obstante, mientras el sol se elevaba, pudo ver que el valle que estaba delante de él era, aunque pareciera imposible, mucho más peligroso. El camino estaba lleno de emboscadas, trampas, redes y pozos, declives pronunciados y profundos hoyos. Tan oscuro como la primera parte del camino, pensó que miles de almas debieron de haberse perdido allí.

Cristiano dijo:

—Su lámpara brilla sobre mi cabeza y gracias a su luz yo camino a través de la oscuridad.

En esta luz, Cristiano llegó al final del valle. Allí había sangre, huesos, cenizas y cuerpos mutilados de hombres que habían atravesado antes por este camino.

Entonces cantó:

¡Oh, mundo de maravillas! (No puedo decir menos)
¡Que yo fuese preservado de la aflicción
con la cual me encontré aquí! ¡Oh, bendita sea
la mano que de eso me ha liberado!
Peligros en la oscuridad, demonios, infierno y
    pecado
me rodearon mientras estaba en el valle estrecho:
¡Sí! Emboscadas y pozos, y trampas y redes había
en mi camino, tan necio sin sentido que yo
debo haber estado atrapado, enrollado y abatido:
pero porque vivo, que Jesús lleve la corona.

Ahora, mientras Cristiano subía una pequeña cuesta, vio delante de él a un peregrino.

Gritó:

—Espera, y seré tu compañero.

Fiel miró hacia atrás pero no se detuvo. Entonces, Cristiano llamó otra vez para que lo esperara.

Pero Fiel le respondió:

—No me puedo detener, el Vengador de Sangre está detrás de mí.

Cristiano hizo un gran esfuerzo y corrió hacia él. Mientras iba delante de Fiel, Cristiano dio un paso en falso y cayó y no se pudo levantar hasta que Fiel apareció y lo ayudó.

Cristiano dijo:

–Estoy contento de haberte alcanzado y de que Dios haya cambiado nuestros espíritus de tal forma que podamos ser compañeros en este sendero agradable.

–He esperado, querido amigo, a acompañarte directamente desde nuestra ciudad. Pero comenzaste antes que yo. Por lo tanto, me vi forzado a venir toda esta parte del camino solo.

–¿Cuánto tiempo estuviste en la Ciudad de la Destrucción antes de que emprendieras el viaje detrás de mí?

Fiel dijo:

–Hasta que no pude estar más. Se hablaba demasiado en el pueblo acerca de tu viaje desesperado, porque así llaman a tu peregrinación. Pero creí, y aún lo hago, que fuego y azufre desde arriba destruirá nuestra ciudad. Por lo tanto, me escapé.

–¿No escuchaste algo acerca de nuestro vecino Flexible?

–Estaba bajo gran escarnio. Casi nadie le daba trabajo. Está siete veces peor por haberse ido que si nunca hubiera ido a la Ciénaga del Desaliento. ¡La gente se burla de él y lo desprecia como a un disidente!

–Pero, ¿por qué están tan en su contra, si ellos también desprecian el camino que él abandonó?

–Lo llaman desertor, porque dicen que no fue fiel a su declaración. Pienso que Dios instó incluso a sus enemigos para que se burlaran de él y fuera el oprobio de todos debido a que había abandonado el camino.

—¿Hablaste con él antes de irte?

—Cruzaba la calle para evadirme. Está avergonzado por lo que hizo. Por eso, nunca hablé con él.

—Bueno, la primera vez que emprendí el viaje, tenía esperanza con respecto a aquel hombre. Pero ahora creo que perecerá en el derrocamiento de la ciudad. Porque le ha sucedido a él lo que dice el proverbio verdadero "un perro vuelve a su vómito". Pero dejémoslo y hablemos de cosas que nos conciernen a nosotros de forma más inmediata. ¿Qué fue lo que encontraste en el camino?

—Me escapé de la ciénaga en la cual oí que te caíste y llegué a la entrada sin ningún peligro. Una mujer llamada Lascivia me tentó severamente en la portezuela, pero seguí mi camino.

—¿Qué te hizo?

—No puedes imaginarte qué lengua lisonjera tenía. Me prometió todo tipo de satisfacción si me desviaba.

—Pero no te prometió la satisfacción de una buena conciencia.

—No, por eso cerré los ojos para no quedar cautivado por su apariencia. Después me regañó y me fui.

—¿No te encontraste con ningún otro obstáculo mientras venías?

—Cuando llegué al pie de la Colina de la Dificultad, me encontré con un hombre viejo llamado Adán el Primero. Vive en el pueblo del Engaño y ofreció pagarme si vivía con él. Le pregunté qué trabajo tenía para mí y me dijo que su trabajo tenía muchos deleites. Y que me haría su heredero. Me ofreció sus tres hijas: Lujuria de la Carne, Lujuria de los Ojos y Orgullo de la Vida. Y estaba propenso a ir hasta que vi escrito en su frente: DESHÁGANSE DEL HOMBRE VIEJO CON SUS OBRAS. Y ardió en mi mente que él me iba a convertir en esclavo. Por eso cuando me negué y me aparté, me pellizcó tan fuerte que pensé que él tenía un pedazo de mi carne. Cuando llegué a la mitad del camino hacia la Colina, un hombre me cruzó y me golpeó hasta que pensé que estaba muerto. Dijo que servía a Adán el Primero.

—Ese era Moisés —dijo Cristiano— no sabe de qué forma mostrar misericordia a aquellos que infringen la Ley.

—Sí. Sin duda me hubiera matado, si alguien no lo hubiera detenido.

—Y ¿quién fue ese?

—No lo conocía al principio, pero pronto vi los orificios en sus manos y en su costado. Me salvó el Señor de la Colina.

—¿Viste el Palacio Hermoso?

—Sí, y los leones también, pero estaban dormidos. Sin embargo, debido a que tenía tanto por delante, solo saludé al guardián y bajé la colina.

—Me contó acerca de eso. Pero me hubiese gustado que te hubieran llevado al palacio. Habrías visto tantas rarezas que nunca las hubieras olvidado mientras vivas.

¿Con quién te encontraste en el Valle de la Humillación? –preguntó Cristiano.

–Me encontré con Descontento. Me contó que el valle no tenía honor. Y que si esquivaba el camino a través del valle, ofendería a sus amigos: Orgullo, Arrogancia, Vanidad y Gloria del Mundo. Le dije que ya eran parientes míos, porque lo son según la carne. Pero desde que me convertí en peregrino, no me reconocieron como tal. Y los rechacé. Además, le dije que había tergiversado el significado del valle, ya que delante del honor está la humildad y un espíritu altanero delante de una caída. Por lo tanto, le aseguré que prefería atravesar este valle y el recibir honor por el Sabio que escoger aquello que Descontento estimaba más digno de nuestro afecto.

–¿Con quién más te encontraste?

–Vergüenza. Dijo que la religión es un asunto lamentable, bajo y furtivo como para que le interese a un hombre, una conciencia tierna es poco varonil y un hombre que cuida sus palabras y formas es ridículo. También dijo que los poderosos, ricos y sabios habían seguido su opinión. Es vergonzoso arrepentirse o hacer una restitución después de un sermón. Es vergonzoso pedir perdón por una falta pequeña. La religión distancia a un hombre de alcanzar grandeza por unos pocos vicios, a pesar de que llama esos vicios con nombres mucho más finos.

–¿Qué dijiste?

–Al principio no pude pensar qué decir. Luego recordé que aquello que el hombre tiene en alta estima es abominación a Dios. Me di cuenta de que solo me contó lo que son los hombres. No me dijo nada acerca de Dios o de la Palabra de Dios. En el Día del Juicio, la vida y la muerte no están determinadas por el mundo sino por la sabiduría y la ley de Dios. Entonces lo que Dios dice es mejor, a pesar de que todos los hombres en el mundo lo rechacen. Entonces le dije que me dejara porque Dios prefiere su Palabra y una conciencia dócil, declara que aquellos que se hacen necios para el reino de los cielos son sabios verdaderos, y hace que el pobre que ama a Cristo sea más rico que el hombre más grande del mundo. Dije que era un enemigo para la salvación, y me negué a tener algo que ver con él. Pero aún intentó señalar otras debilidades de la religión. Al final, le dije que no tenía sentido continuar con las acusaciones debido a que en esas cosas que rechazaba yo veía lo más glorioso. Y cuando me deshice de él al final, canté:

> *Las pruebas con las que se encontraron esos peregrinos,*
> *quienes también son obedientes al llamado celestial,*
> *son variadas y adaptadas a la carne,*
> *y vienen, y vuelven, una y otra vez renovadas.*

> *Por eso ahora, o en otro momento, nosotros, por*
> *medio de ellos,*
> *podríamos ser tomados, vencidos y arrojados.*
> *Oh, permite que los peregrinos, aquellos que es-*
> *tán en el camino,*
> *sean vigilantes, se comporten como santos en la*
> *actualidad.*

–Me alegro de que resistieras al villano de forma tan valiente –dijo Cristiano–. Pienso que tiene el nombre equivocado. Intenta avergonzar a los peregrinos delante de todos los hombres, pero no tiene vergüenza de su audacia. Estimula a los necios. El sabio heredará gloria, pero la vergüenza estimula a los necios.

–Debemos clamarle a Él, para que nos ayude contra Vergüenza, porque nos haría valientes para decir la verdad sobre la tierra.

–Bien dicho –dijo Cristiano–. ¿Con quién más te encontraste en el valle?

–Con nadie. Estuve solo todo el resto del camino a través del Valle de la Humillación y también a través del Valle de la Sombra de Muerte.

Cristiano le contó de su batalla con Apolión y la oscuridad en el Valle de la Sombra de Muerte.

El sendero se hizo muy ancho y al lado de ellos caminaba un hombre que al principio parecía alto y buen mozo, sin embargo se volvió más feo a medida que se acercaba a ellos.

–¿Vas al País Celestial? –preguntó Fiel.

–¿Quieres tener buena compañía? Hablaremos de cosas que son provechosas.

–Hablar de cosas que son buenas es muy grato para mí –respondió el hombre– con ustedes o con cualquier otro. Estoy contento de haberme encontrado con quienes desean tal cosa. Charlar demasiado acerca de cosas que no tienen beneficio es un problema para mí.

–Estoy de acuerdo con que es un problema –dijo Fiel. –¿Hay un uso más digno de la lengua y de la boca de los hombres que hablar de las cosas del Dios del cielo?

–Me gusta oírte, porque tu discurso está lleno de convicción. Agregaré, ¿qué es más provechoso que hablar acerca de las cosas de Dios? ¿Qué cosas son tan placenteras? Y si a un hombre le gusta hablar acerca de la historia del misterio de las cosas, milagros, maravillas o señales, ¿dónde encontraremos cosas escritas de forma tan dulce como en las Sagradas Escrituras?

–Eso es verdad –respondió Fiel– deberíamos esforzarnos para sacar provecho de cosas tales en nuestras conversaciones.

–Como dije, hablar de estas cosas es más beneficioso. Un hombre puede obtener conocimiento de muchas cosas, tales como la vanidad de las cosas mundanas y del beneficio de las cosas de arriba.

Especialmente por medio de la conversación, un hombre puede aprender acerca de la necesidad del nuevo nacimiento, la insuficiencia de las buenas obras y la necesidad de la rectitud de Cristo. Puede aprender qué significa arrepentirse, creer, orar, sufrir o el gozo. También, un hombre puede aprender cuáles son las grandes promesas y consolaciones del Evangelio, para su propio bienestar. Incluso más, puede aprender a refutar las opiniones falsas, a defender la verdad y también a instruir al ignorante.

—Todo esto es verdad, y me alegra oír estas cosas de ti.

—Por cierto, pocos comprenden la necesidad de la obra de la Gracia en su alma para obtener la vida eterna, pero ignoran las obras de la Ley, por medio de las cuales ningún hombre puede obtener el reino del cielo.

—Con tu permiso —agregó Fiel— un conocimiento del cielo tal como este es el don de Dios. Ningún hombre puede esperar obtenerlo mediante obras o por el simple hecho de hablar de ellas.

—Todo esto lo conozco muy bien. Porque un hombre no puede recibir nada excepto que lo reciba del cielo. Todo es por gracia, no por obras. Te podría citar cientos de textos para confirmar esta verdad —respondió el hombre.

—Entonces, ¿qué es eso acerca de lo cual deberíamos hablar en este momento?

–De cualquier cosa que quieras. Hablaré de cosas celestiales o terrenales, morales o evangélicas, sagradas o profanas, pasadas o futuras, foráneas o nacionales, esenciales o circunstanciales –dijo el hombre– siempre que todo lo que se diga o haga sea para nuestro beneficio.

En este punto, Fiel comenzó a maravillarse acerca de su compañero, y volviéndose a Cristiano, susurró:

–¡Qué compañía valiente tenemos! Con seguridad este hombre será un peregrino excelente!

Cristiano sonrió y dijo:

–Este hombre, con quien estás tan tomado, seducirá a veinte extraños con su lengua.

–¿Lo conoces? –preguntó Fiel.

–Mejor de lo que él se conoce a sí mismo.

–¿Quién es, entonces?

–Su nombre es Hablador –respondió Cristiano–. Mora en nuestro pueblo. Estoy sorprendido de que no lo conozcas.

–¿Quién es su padre? ¿En qué lugar del pueblo vive?

–Es el hijo de Bien Hablado. Vivía en la Villa Parlotería. Es muy conocido en esa parte de la ciudad. En realidad, es un hombre digno de compasión, a pesar de su lengua elocuente.

Fiel dijo:

–Parece ser un compañero muy agradable.

–Lo es para aquellos que no lo conocen bien. Me

recuerda a la obra del Pintor, cuyos cuadros se ven mejor a la distancia pero son muy desagradables cuando se los observa de cerca.

–Creo que bromeas, porque sonreíste justo ahora.

–Dios me prohíba hacer una broma con respecto a este tema o que me acusen de falsedad alguna. Hablador se adapta a cualquier compañía o conversación. Habla también en una taberna. No tiene religión alguna en su corazón o en su hogar, está tan vacío de religión de la misma forma que la clara del huevo carece de sabor. La religión solo está en su lengua.

–Entonces, fui engañado en gran manera.

–Recuerda, "El reino de Dios no es una cuestión de hablar sino de poder". Este hombre habla acerca de la oración, del arrepentimiento, de la fe y del nuevo nacimiento. Pero solo sabe hablar acerca de ellos. He estado en su familia y lo he observado tanto en el hogar como en la ciudad. Lo que digo acerca de él es la verdad. Su casa está tan vacía de religión como la clara de un huevo carece de sabor. Nunca manifiesta ningún indicio de que ora o de que se arrepiente de pecado. Hablador es la vergüenza de la religión. Un bruto sirve a Dios mejor que él.

Las personas que lo conocen dicen que es "un santo afuera y un demonio adentro de casa". Sé que su familia da fe de que este proverbio es verdadero. Es tan brusco y poco razonable que los siervos no tienen idea de cómo hacer los trabajos o hablar con él.

Hombres que han tenido negocios con él, dicen que les gana a todos con respecto al fraude, al engaño y al comportamiento inescrupuloso. Y está criando a sus hijos para que sean como él. Ha provocado que muchos hombres tambaleen y caigan. Y si Dios no lo impide, será la ruina de muchos más.

Fiel dijo:

–Me inclino a creerte, no solo por lo que dices sino también porque has hecho este informe como un hombre Cristiano. No me imagino por qué dirías estas cosas de mala voluntad.

–Si no lo hubiera conocido, hubiera pensado como tú lo hiciste al principio, –le aseguró Cristiano a su amigo–. De hecho, si los enemigos de la religión le hubieran dado esta valoración al carácter de Hablador, hubiera pensado que era una calumnia. Pero todo lo que he hablado sobre él lo puedo probar y es el culpable de eso. Los hombres buenos están avergonzados de él debido a que no lo pueden llamar hermano ni tampoco amigo. El solo hecho de escuchar su nombre los hace sonrojarse si lo conocen.

–Bueno, veo que hacer y decir son dos cosas distintas. De ahora en más, observaré mejor esta distinción.

–El alma misma de la religión es la parte práctica: "La religión pura y sin mancha delante de Dios y el Padre es esta, visitar a los huérfanos y a las viudas en su aflicción, y mantenerse a sí mismo sin mancha del mundo". Pero Hablador piensa que oír y decir lo hará un buen cristiano. Engaña a su propia alma. Oír es solo sembrar la semilla y hablar no es lo suficiente para probar que el fruto de la semilla está en el corazón y en la vida. El final del mundo es comparado con la cosecha de nuestro fruto. Allí no se puede aceptar nada que no sea de fe.

–Ya no le tengo afecto. ¿Cómo nos deshacemos de él? –preguntó Fiel.

–Toma mi consejo y haz como te digo –respondió Cristiano–. Encontrarás que se enfermará de tu compañía también, a menos que Dios toque su corazón y lo cambie.

–¿Qué hago?

–Ve a él y entabla una conversación seria acerca del poder de la religión. Pregúntale, de forma clara si la religión está establecida en su corazón, en su casa y en su conversación.

Entonces Fiel llamó a Hablador:

–¿De qué forma la gracia salvadora de Dios se manifiesta a sí misma cuando está en el corazón de un hombre?

–¿Hablamos acerca del poder de las cosas? Es una pregunta muy buena y estoy feliz de responderte. Primero, donde está la gracia de Dios es en el corazón, causa un gran clamor contra el pecado. Segundo...

–Espera un momento –interrumpió Fiel– pienso que se muestra a sí mismo al inclinar el alma para aborrecer su pecado.

–¿Por qué? ¿Cuál es la diferencia entre clamar contra el pecado y aborrecerlo?

–Oh, mucho, un hombre puede clamar debido a que hay una ley en contra de cierto pecado, pero no lo puede aborrecer a menos que tenga una antipatía santa en su contra. ¿Cuál fue tu segundo punto?

–Gran conocimiento de los misterios del evangelio.

–Eso también es falso. El gran conocimiento se puede obtener en los misterios del evangelio y sin embargo no como una obra de gracia en el alma. De forma consecuente, no sería un hijo de Dios. Un hombre puede saber como un ángel y, no obstante, no ser un cristiano; por lo tanto tu señal no es verdadera. De hecho, saber es una cosa que agrada a los habladores y presumidos, pero hacer es lo que agrada a Dios. No es que el corazón pueda ser bueno sin conocimiento, porque sin eso, el corazón no es nada. Hay por lo tanto conocimiento y *conocimiento*, conocimiento que yace en la especulación acerca de las cosas y conocimiento que está acompañado de gracia, de fe y amor, lo cual pone a un hombre a hacer incluso la voluntad de Dios desde el corazón. El primer caso le servirá al hablador, pero sin lo otro, el verdadero cristiano no está satisfecho. Si un hombre "puede imaginar todos los misterios y todo el conocimiento" pero no tiene amor, no es nada –contraatacó Fiel–. ¿Cuál es el otro punto?

–Nada. Veo que no estaríamos de acuerdo.

—Bueno, si no me das otro tema, ¿me darás permiso para proponerlo yo?

—Puedes usar tu libertad.

—La obra de la gracia en el alma se exhibe, tanto en el que lo tiene como ante otros que lo observan. Al que lo tiene, le da la convicción de pecado, especialmente deshonra la naturaleza y el pecado de incredulidad. Debido a su condición pecaminosa y a la batalla entre el pecado y la gracia, encuentra al Salvador del mundo revelado en él. De acuerdo con la fuerza o la debilidad de la fe en su Salvador, es su gozo, paz y amor por la santidad, así como también su deseo de conocerlo más y servirlo en este mundo. Otros ven en su vida el aborrecimiento interno al pecado, el deseo de promover la santidad en el mundo, no solo por hablar sino también por medio de una sujeción práctica en fe y amor al poder de la Palabra. Ahora, señor, si hay algo que objetes con respecto a lo que he hablado, por favor hazlo. Si no, entonces dame permiso para ofrecer una segunda cuestión para discutir.

—Mi parte no es objetar en este momento, sino oír. Permíteme escuchar la segunda pregunta.

Fiel dijo:

—Es esta: ¿Experimentas lo primero que describí? ¿Tu vida y conversación testifican lo mismo? O ¿tu religión se basa en palabra y conversación y no en hechos y en verdad? Por favor, si decides responderme no digas más que aquello a lo que el Dios de arriba dirá Amén, aunque tampoco dirá nada a lo que tu conciencia pueda justificar en ti.

Hablador se sonrojó con enojo.

—Ahora hablas de experiencia, conciencia y Dios, y suplicarle para que justifique lo que se ha hablado. Este tipo de discurso no lo esperaba, y tampoco estoy dispuesto a dar una respuesta a tales preguntas, porque no estoy comprometido con eso. Me niego a darte una opinión. Pero por favor dime por qué me formulas tales preguntas.

—Debido a tu buena voluntad para hablar y porque no sabía si tenías otra cosa que no fueran palabras vacías. Además, para decirte la verdad, he oído acerca de ti que eres un hombre cuya religión se basa en hablar y que tu conversación es mentirosa. Dicen que la religión saca lo peor de tu conversación impía, que algunos ya han tropezado debido a tus caminos malvados y que muchos se encuentran en peligro de ser destruidos debido a tus palabras. El proverbio que habla de la mujer inmoral es verdadero en ti: Ella es una vergüenza para todas las mujeres. Entonces tú eres una vergüenza para todos los seguidores.

—Ya que estás listo para oír habladurías y para juzgar de forma tan compulsiva como lo haces, no puedo sino concluir que eres un hombre algo irritable y tétrico. Tú no eres mi juez. No eres adecuado como para que hable contigo. Adiós.

Cristiano se unió a Fiel.

–Te dije lo que sucedería. Sus palabras y sus lascivias no pueden estar de acuerdo. Prefiere dejar tu compañía que reformar su vida. Pero se ha ido. Deja que se vaya –dijo Cristiano– el único que sufre una pérdida aquí es él. Nos ha ahorrado la molestia de dejarlo. Además, el Apóstol dice: "De los cuales apártate".

Fiel dijo:

–Estoy contento de que hayamos tenido esta conversación con él. Puede que piense acerca de esto otra vez. He sido claro con él y por eso estoy libre de su sangre si perece.

–Hiciste bien en hablar de forma tan explícita como lo hiciste. Hombres para los cuales la religión es solo una palabra hacen que la religión apeste para muchos, –dijo Cristiano–. Deseo poder tratar con todos los hombres de la misma forma en la que has tratado con Hablador. La religión entraría en sus corazones, o la compañía de los santos sería demasiado caliente para ellos.

Fiel cantó:

¡De qué forma Hablador al principio eleva las
plumas!
De qué forma tan valiente habla. ¡De qué forma
presume
para abrumar a todas las mentes que se encuen-
tran cerca! Pero

cuando yo hablé desde el corazón, como luna
*   menguante,*
se encoge y disminuye:
Y así sucede con todos, los que no conocen el co-
*   razón.*

De esta manera, charlando acerca de lo que habían visto en el camino, siguieron por la senda con
facilidad, en vez de que este fuera tedioso. Atravesaron
el desierto. Casi estaban saliendo de él cuando vieron
a un hombre que venía detrás de ellos.

–Es mi buen amigo Evangelista –dijo Cristiano.

–Y el mío también –dijo Fiel– porque me enseñó
el camino hacia la puerta.

–Paz sea con ustedes, amados queridos –dijo
Evangelista– y paz sea con tus ayudantes.

–Bienvenido, mi buen Evangelista –respondió
Cristiano–. Verte me trae el recuerdo de tu amabilidad
antigua y de tu labor incansable por mi bien eterno.

–Y, mil veces bienvenido –dijo Fiel–. ¡Tu compañía, Oh dulce Evangelista, es beneficiosa para nosotros, pobres peregrinos!

–¿Cómo les ha ido a ustedes, mis amigos, desde
que nos separamos la última vez? ¿Qué se han encontrado y cómo se han portado ustedes?

Cristiano y Fiel le contaron acerca de todas las cosas que les habían sucedido en el camino.

–Muy contento estoy –dijo Evangelista– de que hayan sido vencedores. El día viene cuando tanto el que siega como el que cosecha se alegrarán juntos. La corona está delante de ustedes y es incorruptible. Por eso, corran para obtenerla. Tengan cuidado de que nadie venga y se las robe. Sosténgala con firmeza. No están fuera del alcance de Belcebú. Permitan que el reino siempre esté delante de ustedes y crean con determinación las cosas relacionadas con estas que son invisibles. No permitan que nada de lo que está de este lado del mundo entre en ustedes. Y sobre todo, miren bien su propio corazón y los deseos del mismo, porque son engañosos sobre todas las cosas y desesperadamente malvados. Afirmen su cara como un pedernal. Tienen todo el poder en el cielo y en la tierra de su lado.

Cristiano dijo:

–Bien sabemos que eres un profeta. Dinos qué es lo que nos vas suceder.

–Hijos míos, han oído en las palabras del evangelio que deben atravesar muchas tribulaciones para entrar en el reino del cielo. Y que en cada ciudad, tendrán que soportar ataduras y aflicciones. No pueden esperar seguir su largo peregrinaje sin pasar por ellos, de una forma u otra. Han encontrado parte de estos testimonios sobre ustedes ya y más seguirán de inmediato. Por ahora, como ven, están casi afuera del desierto. Pronto entrarán en la ciudad y se verán asediados por los enemigos que harán un gran esfuerzo para matarlos. Uno o los dos sellarán el testimonio con sangre. Pero sean fieles hasta la muerte y el Rey les dará la corona de vida. El que muera allí, a pesar de que su muerte no va a ser natural y que los dolores quizás sean mayores, llegará a la Ciudad Celestial antes y escapará de las muchas miserias del resto del viaje. Entonces, cuando lleguen a la ciudad y hallen que lo que les he relatado se ha cumplido, recuerden a su amigo y luchen como hombres que se comprometen con guardar el alma a su Dios, como a un Creador fiel.

Cuando Cristiano y Fiel salieron del desierto, entraron a la ciudad de la Vanidad. Esta había mantenido una feria porque la ciudad es más liviana que la vanidad y todo lo que se vende en la feria es vanidad.

Hace casi cinco mil años, Belcebú, Apolión y Legión con sus compañeros establecieron la feria en Vanidad porque estaba en el camino hacia la Ciudad Celestial. En la feria, los peregrinos podían encontrar casas, tierras, comercio, lugares, honores, ascensos, títulos, países, reinos, lujurias, placeres y deseos de toda clase, prostitutas, esposas, esposos, niños, maestros, siervos, vidas, sangre, cuerpos, almas, plata, oro, perlas, piedras preciosas y qué sé yo qué más. Había juegos, malabares, partidas, juegos, tontos, monos, pícaros y rufianes. Y había robos, asesinatos, adulterios, trampas y calumnias sin causa. Cada peregrino que se dirigía a la Ciudad Celestial tenía que atravesar esta ciudad. Incluso el Príncipe de Príncipes atravesó la ciudad para llegar a su propio país. Belcebú lo hubiera nombrado Señor de la feria y lo hubiera reverenciado mientras atravesaba la ciudad. Era una persona de honor tal que el diablo le mostró todos los reinos del mundo para poder seducirlo para que comprase algunas de sus vanidades. Pero el Bendito dejó a Vanidad sin gastar un penique.

Cristiano y Fiel entraron a la ciudad y atrajeron un profundo interés. Sus vestimentas no eran como ninguna de las de la feria, hechas de material que no se podía encontrar allí. La gente los observaba de cerca, emitiendo juicio. Algunos decían que eran tontos, otros los llamaban locos y otros decían que venían de un lugar extraño. El lenguaje que tenían los apartaba de las personas de Vanidad y solo unos pocos los podían entender. Naturalmente, ellos hablaban el lenguaje de Canaán, cosas santas, pero aquellos que están en la feria eran hombres de este mundo. Mientras pasaron caminando por los puestos, que eran muchos, Cristiano y Fiel ni siquiera miraron a las mercancías. Cuando alguien los llamaba para que compraran, ponían los dedos en los oídos y gritaban:

—Que mis ojos se desvíen y no vean la vanidad. Mantenían las miradas hacia arriba e indicaban que su comercio y mercancías estaban en el cielo.

Al ver a Cristiano y Fiel atravesando la ciudad, un vendedor con burlas dijo:

—¿Qué comprarán?

Pero lo miraron seriamente y dijeron:

—Nosotros compramos la Verdad.

Además, muchos de forma abierta, depreciaron a los peregrinos. Algunos se burlaban, algunos los vituperaban, algunos hablaban de forma reprobatoria e incluso llamaban a otros para atacarlos a golpes. La confusión en la feria era tan grande que se destruyó todo el orden. El comentario llegó a Belcebú, quien con rapidez bajó e hizo que algunos de sus amigos más confiables trajeran a los hombres para interrogarlos.

Aquellos que los examinaban preguntaron:

—¿De dónde vienen? ¿A dónde van? Y ¿por qué se encuentran en Vanidad, vistiendo ropas tan atípicas?

Cristiano y Fiel dijeron que eran peregrinos que iban a su Jerusalén celestial. No le habían dado razón alguna a los hombres de la ciudad o a los vendedores de la feria para que los ridiculizaran, excepto decir, cuando les preguntaron qué comprarían, que comprarían la Verdad.

Los interrogadores no les creyeron y dijeron que los dos eran locos o agitadores. Los golpearon y los embadurnaron con suciedad. Los pusieron en una jaula, para que fueran un espectáculo en la feria. Estuvieron allí por algún tiempo y fueron objeto de broma, malicia o venganza de los hombres que se reían incluso de todo lo que les sucedía.

Los dos permanecieron pacientes, devolviendo bien por mal y amabilidad por injuria.

Algunas personas menos prejuiciosas en la feria pensaron que se los trataba de manera injusta. Enojados, los mercaderes arremetieron contra los acusadores otra vez, les dijeron que eran tan malos como los hombres que estaban en la jaula y les dijeron que parecían aliados y que debían ser participantes de sus infortunios. Un hombre respondió que podían ver que los hombres eran tranquilos y sobrios y no pretendían lastimar a nadie. Señalaron que había muchos que comerciaban en la feria que eran más dignos de estar en la jaula y en la picota también, que los hombres de los cuales abusaron. De este modo, después de discutir mucho, se golpearon entre ellos y se lastimaron unos a otros.

A pesar de que Cristiano y Fiel estaban tranquilos y calmos durante todo el tiempo que duró la pelea, los llevaron otra vez delante de los examinadores para interrogarlos. Se los acusó de ser culpables por el último alboroto en la feria. Entonces los dos pobres hombres fueron golpeados y los hicieron caminar con grilletes para aterrorizar a los otros, a fin de que ningún otro pudiera hablar en nombre de ellos o unírseles. Sin embargo, Cristiano y Fiel se comportaron aún de forma más sabia y recibieron la humillación y la vergüenza que se les impuso con una docilidad y paciencia tal, que ganaron con su ejemplo a varios de los hombres en la feria.

Esto hizo que los enemigos aún tuvieran más furia, de modo que planearon la muerte de estos dos hombres. La razón fue que ni la jaula ni los grilletes servirían para hacerlos cambiar, sino que debían morir por el abuso que habían cometido y por engañar a los hombres de la feria. Esta vez los amenazaron con muerte. Entonces los enviaron de regreso a la jaula y pusieron sus pies en el cepo hasta que se dictara sentencia sobre ellos.

Mientras permanecieron en la jaula, recordaron lo que habían oído de su fiel amigo Evangelista, y vieron que los caminos y sufrimientos que atravesaban estaban más que confirmados debido a lo que les dijo que les sucedería. También ahora se confortaban el uno al otro, diciéndose que el que corriera la suerte de morir, se llevaría la mejor parte; por lo que cada uno, de manera secreta, deseaba ser quien lo padeciera. Pero comprometiéndose con satisfacción con Él que gobierna todas las cosas, atravesaban la situación en la que se encontraban esperando hasta que se los desechara.

En el día establecido, los llevaron a juicio delante de sus enemigos y los hicieron comparecer. Los acusaron de los siguientes cargos: que eran enemigos para el pueblo y que eran perturbadores del comercio; que fueron la causa de los disturbios civiles y de las divisiones en la ciudad; y de que habían hecho seguidores de las opiniones más peligrosas en desacato a la ley de su príncipe.

El Juez Odia lo Bueno hizo que Fiel fuera el primer prisionero en el tribunal.

En respuesta a los cargos que pesaban en su contra, Fiel dijo que se había puesto en contra de aquello que se oponía a Aquel que es más alto que el Altísimo.

—Y con respecto a los disturbios, yo no hice nada, porque soy un hombre de paz. Las personas que eligieron seguirnos lo hicieron por contemplar nuestra verdad e inocencia y solo se volvieron de lo peor a lo mejor. Y con respecto al rey del que hablas, ya que es Belcebú, el enemigo de nuestro Señor, lo desafío a él y a todos sus ángeles.

Luego se hizo un pedido de que quien tuviera algo que decir en favor de su señor el rey en contra del prisionero que estaba en el tribunal debía presentar la evidencia. Tres testigos juraron: Envidia, Superstición y Oportunista. Les preguntaron si conocían al prisionero que estaba en el tribunal y qué era lo que tenían que decir al rey en contra de él.

Envidia testificó primero:

—Mi señor, he conocido a este hombre por mucho tiempo. Este hombre es uno de los más viles en nuestro país. No tiene respeto por el príncipe o por el pueblo, por la ley o por la costumbre. Hace todo lo que puede para convencer a los hombres de sus principios de fe y de santidad. Lo oí decir que el cristianismo y las costumbres de nuestra ciudad son diametralmente opuestos y que no se pueden reconciliar. Así, mi señor, condena de una vez no solo a nuestras obras dignas sino también a nosotros al hacerlas. Podría decir mucho más, pero no quiero aburrir a la corte. Si falta algún cargo, estaré encantado de extender mi testimonio contra él.

El juez le exigió que permaneciera de pie hasta que se oyera el resto del testimonio.

Después llamaron a Superstición y testificó:

—No tengo mucha relación con este hombre, ni tampoco deseo conocerlo más. Sin embargo, sé que es un sujeto pernicioso debido a una conversación que he tenido con él el otro día en esta ciudad. Lo oí decir que nuestra religión no era nada y que de ninguna manera podía agradar a Dios. ¡De hecho, lo que dijo fue que el pueblo de Vanidad adoraba en vano, que están en pecado y deberían ser condenados!

Luego, el tercer testigo juró y testificó:

—He conocido a este sujeto por un tiempo muy largo —dijo Oportunista—. Lo he oído hablar cosas que no se deberían hablar. No solo ha criticado severamente a nuestro noble Príncipe Belcebú, sino que también ha hablado menospreciando a los amigos de nuestro honorable príncipe, el Señor Deleite Carnal, el Señor Lujoso, el Señor Vana Gloria, mi antiguo Señor Lascivia y el Caballero Codicioso. Además, ha dicho que si todos los hombres pensaran de la forma en la que él lo hace, ninguno de estos hombres tendría un lugar en esta ciudad. No ha tenido temor de criticarte, mi señor. Te llama a ti, Juez, un villano impío y muchos otros términos denigrantes.

—¡Renegado! ¡Hereje! ¡Traidor! —gritó el Juez Odia lo Bueno a Fiel—. ¿Has oído los cargos de estos caballeros honestos?

—¿Puedo hablar unas palabras en mi defensa? —preguntó Fiel.

—No mereces vivir más y serás ejecutado inmediatamente después de este proceso judicial. Sin embargo, para que todos los hombres puedan ver nuestra gentileza para contigo, oiremos lo que tienes que decir.

—En respuesta al cargo de Envidia, lo único que dije fue que cualquier príncipe o pueblo o ley o costumbre en contra de la Palabra del Señor también se opone al cristianismo. Si hablo esto de forma errada, convénzanme del error y estoy listo para retractarme delante de ustedes. Con respecto al cargo de Superstición, dije que en la adoración de Dios se requiere una fe divina, pero no puede haber fe divina sin una revelación divina de la voluntad de Dios. Por lo tanto, cualquier cosa que represente un tropiezo en la adoración de Dios, que no esté de acuerdo con la revelación divina, no representa más que una fe humana que no tendrá la ganancia de la vida eterna. Finalmente, en respuesta a Oportunista, ignorando la parte en la que dice que "critiqué severamente", digo que el príncipe de esta ciudad junto con toda la plebe, y los ayudantes que Oportunista nombró, son más adecuados para el infierno que para esta ciudad y país. El Señor, tenga misericordia de mí.

Luego el juez habló al jurado:

—Señores del jurado, ven a este hombre que ha causado un gran alboroto en esta ciudad. También han escuchado a estos caballeros dignos que han testificado en su contra. Han oído su respuesta y confesión. Ahora está en ustedes el colgarlo o salvar su vida, pero yo pienso que es apropiado instruirlos acerca de nuestra ley. Hubo una ley que se promulgó en los días del Faraón, siervo de nuestro príncipe, que determinaba que en el caso de que los fieles de una religión contraria se multiplicaran y se volvieran demasiado fuertes para él, los hijos varones debían ser arrojados al río. Hubo una ley que se promulgó en los días de Nabucodonosor, otro de sus siervos, que estipulaba que cualquiera que no se postrara y adorara la imagen de oro sería echado al horno de fuego. Hubo también otra ley que se promulgó en los días de Darío, que decía que cualquiera que llamara a otro que no fuera él Dios, sería arrojado al foso de los leones. Ahora, este rebelde ha quebrantado la sustancia de estas leyes, no solo en pensamiento sino también en palabra y en obra.

La ley de Faraón se hizo para prevenir los daños, ningún crimen se había advertido entonces, pero aquí se advierte uno. Con respecto a lo segundo y tercero, ven que cuestionó nuestra religión, y por la traición que ha confesado, merece morir.

Luego el juez envió al jurado a dictar sentencia. En la cámara deliberaron. Todos emitieron su veredicto privado en contra de Fiel y después, de forma unánime lo hallaron culpable delante del juez.

El presidente del jurado, Hombre Ciego, dijo:

—Veo con claridad que este hombre es hereje.

Ningún Bien dijo:

—Liberemos a la tierra de este sujeto.

—Odio su mismo aspecto —agregó Malicia.

Amor a la Lujuria agregó:

—Jamás lo podría soportar.

—Ni yo —dijo Libertinaje—. Siempre estaría condenando mis formas.

—Cuélguenlo, cuélguenlo —concluyó Cerebro.

Altanería murmuró:

—De hecho es un miserable.

—Mi corazón se oscurece hacia él —gruñó Enemistad.

—Es un rufián —dijo Mentiroso.

Crueldad insistió:

—Colgarlo es demasiado bueno para él.

Odia la Luz dijo:

—Deshagámonos de él.

Implacable dio la opinión final:

—Si me dieran todo el mundo, no me reconciliaría con él. Votemos y declarémoslo culpable de muerte.

Por lo tanto, Fiel fue condenado a la más cruel de las muertes que se podrían haber inventado.

Ellos, por consiguiente trajeron a Fiel para castigarlo de acuerdo con su ley. Primero, lo azotaron. Después lo golpearon. Luego lo apuñalaron con cuchillos. Después de eso lo apedrearon. Más tarde lo cortaron con espadas. Luego le quemaron con cenizas en una hoguera. De este modo, Fiel murió.

Invisible para todos, una carroza con un par de caballos estaba detrás de la multitud, esperando a Fiel. Tan pronto como murió, Fiel fue colocado en la carroza y llevado hacia arriba a través de las nubes al sonido de las trompetas hacia la Puerta Celestial.

A Cristiano le dieron un corto indulto y lo enviaron de regreso a prisión donde permaneció por un tiempo. Y Aquel que gobierna todas las cosas provocó que Cristiano escapara de la jaula.

Y Cristiano dejó Vanidad lamentándose:

Bueno, Fiel, has seguido de forma fiel
a tu Señor, con Él serás bendecido;
cuando los infieles, con todos los deleites vanos,
claman debajo de sus aprietos infernales:
canta, Fiel, canta y permite que tu nombre sobreviva;
porque a pesar de que te mataron, sin embargo,
vivo estás.

Mientras Cristiano huía de Vanidad, un hombre llamado Esperanzado se le unió. Esperanzado al observar las palabras y el comportamiento de Cristiano y de Fiel en sus sufrimientos en la feria decidió seguirlo. De este modo, uno murió testificando la verdad; otro se levantó de las cenizas para acompañar a Cristiano en su peregrinaje. Esperanzado le contó a Cristiano que muchas personas más en la feria lo seguirían en su peregrinaje, pero que llevaría tiempo.

Los dos peregrinos pronto pasaron a un hombre.

—¿Qué tan lejos vas en este camino? Y ¿de dónde eres? —le preguntaron.

—Voy a la Ciudad Celestial. Soy de la ciudad Palabra Justa.

—¿Palabra Justa? —preguntó Cristiano— ¿Hay algo bueno que viva allí?

—Sí —dijo el hombre—. Espero.

—¿Cuál es tu nombre, señor? —preguntó Cristiano.

—Soy un extraño para ustedes y para mí. Si van por este camino, estaré contento de su compañía. Si no, debo estar satisfecho.

Cristiano dijo:

—He oído acerca de esta ciudad de Palabra Justa. Puedo recordar que dicen que es un lugar rico.

—Sí, lo es —respondió el hombre.

—¿Quiénes son tus parientes allí?

—Casi todo el pueblo. Tengo muchos parientes acaudalados allí. En particular el Señor Cambio

Total, el Señor Servidor del Tiempo y el mismo Señor Palabra Justa. También el Hombre Suave; Enfrenta Ambos Lados; Nada, el párroco de nuestra parroquia; y Dos Lenguas, el hermano de mi madre. Para decir verdad, me he convertido en un caballero de buena familia. Y pensar que mi abuelo era solo un balsero, mirando hacia un lado y remando hacia el otro. Gané la mayor parte de mi riqueza de la misma forma.

—¿Estás casado? —preguntó Cristiano.

—Sí, y mi esposa es una mujer muy virtuosa de una familia muy honorable, hija de la Señora Simulación. Mi esposa ha llegado a una fineza tal que sabe de qué forma mantener la compostura con cada nivel social, desde un príncipe hasta un campesino. Es verdad que somos diferentes en cuanto a religión de aquellos más estrictos en solo dos pequeños puntos. Primero, jamás luchamos contra viento y marea. Segundo, somos más celosos cuando la religión se presenta con zapatillas plateadas. Amamos caminar con ellas en la calle si el sol brilla y la gente nos ovaciona.

Cristiano se acercó a Esperanzado para hablar con él de forma privada.

—Estoy muy seguro de que este es Interés Privado, oriundo de Palabra Justa. Si es así tenemos al hombre engañoso con nosotros, que mora en todos estos lugares.

Esperanzado dijo:

–Pregúntale. No creo que se avergüence de su nombre.

Cristiano se volvió al otro hombre y le preguntó:

–Señor, hablas como si supieras algo más que lo que sabe todo el mundo. Y creo que sé quién eres. ¿Tu nombre no es Interés Privado?

–Ese no es mi nombre. Es un apodo que me han dado aquellos que no me soportan. Jamás di motivo alguno para ganarme el nombre.

–Pero, ¿nunca diste una razón a los hombres para que te llamaran por ese nombre?

–¡Jamás! ¡Jamás! Lo peor que jamás haya hecho para darles una razón fue que siempre he tenido suerte, eso es todo. Lo considero una bendición y no les permito a los maliciosos que me reprochen.

–De hecho pensé que eras el hombre acerca del cual oí. Sin embargo, creo que este nombre te pertenece de forma más apropiada que lo que crees.

–Bueno, no puedo evitar que lo pienses. Ustedes me encontrarán una compañía justa, si me aceptan como compañero.

–Si vas con nosotros, debes ir contra viento y marea, lo cual es contrario a tu opinión. Y debes ser leal a la religión tanto en harapos como en zapatillas plateadas. Debes estar dispuesto a ayudarlo ya sea que esté atado a grilletes o ya sea que camines por las calles con la ovación de todos.

–No debes imponer tu fe –dijo Interés Privado–

ningún señor está sobre mi fe. Permítanme ir con ustedes en libertad.

—No des un paso más, a menos que hagas lo que nosotros creemos —dijo Cristiano.

—No voy a desertar de mis principios, ya que son inofensivos y beneficiosos. Si no puedo continuar con ustedes, entonces, seguiré solo. Esperaré hasta que llegue alguien que se alegre con mi compañía.

Entonces Cristiano y Esperanzado dejaron a Interés Privado detrás y mantuvieron la distancia delante de él. Pero antes de que pasara mucho tiempo, notaron que tres hombres que seguían a Interés Privado se le acercaron. Los hombres se inclinaron mucho para saludarlo. Interés Privado les dio la bienvenida ya que eran antiguos compañeros de colegio: Sujeto al Mundo, Amor al Dinero y Salven a Todos. El maestro de escuela les había enseñado el arte de obtener las cosas ya sea por medio de la violencia, el fraude, la adulación, la mentira o la religión.

Amor al Dinero le dijo a Interés Privado:

—¿Quiénes son aquellos que van en el camino delante de nosotros?

—Son un par de campesinos de un lugar lejano que van en peregrinación de acuerdo con su propia forma.

—¿Por qué no se quedaron a acompañarnos? ¿No estamos todos en la misma peregrinación?

—Lo estamos, por cierto —dijo Interés Privado—. Pero los hombres que están frente a nosotros son tan rígidos y aman tanto sus propias ideas y estiman de forma tan liviana las opiniones de otros que si una persona no cree de la misma forma en todas las cosas, te echan fuera de su compañía.

Salven a Todos habló:

—Eso es malo. Pero leemos acerca de algunos que son excesivamente justos. Una rigidez tal hace que juzguen y condenen a todos excepto a ellos mismos. Pero, ¿en qué diferían?

—Concluyeron en que era su deber continuar en el camino cualquiera fuera el clima y yo espero por viento y marea. Están dispuestos a arriesgar todo por Dios, mientras que yo tomaría toda la ventaja para asegurar mi vida y bienes. Ellos mantendrán sus creencias incluso si todos están en su contra, pero yo apuesto por una religión que se ajusta a los tiempos y que no constituye un riesgo para mi seguridad. Ellos apuestan por una religión que los mantendrá en pobreza y que los hace contener el deleite. Sin embargo, yo estoy por aquel que camina con las zapatillas doradas en la luz del sol y me da alabanza.

Sujeto al Mundo dijo:

—Mantén tus creencias, Interés Privado. Esos hombres son tontos que, teniendo la libertad de aferrarse a los placeres de este mundo, a cambio, los dejan ir. Sintámonos satisfechos de tomar el buen clima con nosotros y no la lluvia. Me gusta más esa religión que nos daría la seguridad de la bendición de Dios. ¿Por qué Dios retendría cualquier cosa buena de nosotros y se las guardaría para sí mismo?

Con eso, los cuatro hombres estuvieron de acuerdo el uno con el otro y no hablaron más acerca de los dos hombres que estaban enfrente de ellos.

Interés Privado luego comentó de forma inocente:

–Entonces, busquemos un pasatiempo mejor que las cosas que son malas. Supongamos que un ministro o un comerciante tuvo una oportunidad de obtener las cosas buenas de la vida, pero solo si tenía que volverse muy celoso en algún punto de la religión con la que nunca antes se había molestado. ¿No obtendría las bendiciones y aún sería un hombre honorable?

Amor al Dinero habló al instante:

–Veo dónde están llegando y deseo formular una respuesta. Tomemos al ministro primero. Si puede beneficiarse de una alteración de principios tan pequeña, no veo razón por la cual no pueda hacerlo y ser aún un hombre honesto. Después de todo, el deseo de recibir bendición es legítimo y la oportunidad está determinada delante de él por Providencia. Además, el deseo lo hace más diligente, un predicador más celoso y un hombre mejor delante de Dios. A la gente no le importará si se niega a servirles algunos de sus principios. Eso probará que tiene un temperamento que se niega a sí mismo y una personalidad dulce y ganadora, haciéndolo aún más apto para el ministerio. Entonces concluyo que un ministro que cambia un poco por algo grande no debería ser juzgado como codicioso, sino lo contrario, ya que ha mejorado en las partes y en la industria, busca su llamado y la oportunidad de hacer el bien. Ahora, con respecto al comerciante, supongamos que uno tiene un negocio pobre, pero por el hecho de ser religioso, puede mejorar su mercado, incluso quizás conseguir una esposa rica. No veo razón por la cual esto no sea legítimo. Convertirse en religioso es una virtud. Tampoco es ilegítimo conseguir una esposa rica. Al convertirse bueno en sí mismo, consigue una esposa rica y buenos clientes y buenas ganancias.

Los otros aplaudieron a Amor al Dinero por la respuesta íntegra y propicia. Decidieron que debido a que Cristiano y Esperanzado aún se encontraban a la vista de ellos y podían oír, les harían la misma pregunta. Entonces, llamaron a los dos hombres que estaban delante de ellos, quienes se detuvieron y esperaron.

Después de saludar a los dos hombres, Sujeto al Mundo emitió la pregunta original. Entonces preguntó:

—¿Qué piensas, Cristiano?

—Un bebé religioso podría responder eso. Solo los paganos, los hipócritas, los diablos y las brujas harían de Cristo y de la religión un artilugio para obtener las riquezas del mundo. Responder la pregunta de forma afirmativa, como percibo que lo han hecho, y aceptar como auténtica una respuesta tal es pagano, hipócrita y diabólico. La recompensa será de acuerdo con las obras.

Con esta amonestación, los cuatro hombres se volvieron taciturnos y quedaron atrás.

–Si no pueden estar delante de un hombre, ¿de qué forma estarán delante de Dios? Y si se quedan sin habla cuando se trata de las vasijas de barro, ¿qué harán cuando se los amoneste con las llamas del fuego consumidor? –preguntó Cristiano.

Cristiano y Esperanzado siguieron adelante un largo trecho hasta que llegaron a una planicie angosta llamada Facilidad que llevaba hacia una colina llamada Lucro. En esa colina había una mina de plata, que debido a su rareza había atraído con engaño a muchos peregrinos para que dejaran el sendero y la investigaran. Pero el suelo alrededor de esta no era estable y los peregrinos caían en el pozo y perecían. Aquellos que no morían soportaban lesiones permanentes y no podían ser ellos mismos otra vez.

Un hombre al lado del camino los llamó:

–Vengan aquí y les mostraré una mina de plata. Con un poco de sudor, pueden hacerse ricos.

–Vamos y veamos –dijo Esperanzado.

–Yo no –dijo Cristiano–. He oído acerca de este lugar. Muchos han muerto allí. Y el tesoro es una trampa para aquellos que lo buscan, porque les imposibilita el peregrinaje. Y llamó a Excesivo:

–¿No es peligroso el lugar?

–Solo para aquellos que no son cuidadosos –respondió el hombre sonrojándose.

Cristiano le dijo a Esperanzado:

—No demos un paso hacia allá sino que mantengámonos en el camino.

—Te garantizo que si Interés Privado recibe la misma invitación, se dará vuelta para ver —dijo Esperanzado.

—Sin duda —agregó Cristiano—. Sus principios lo llevarán por ese camino y morirá allí.

El hombre llamó otra vez:

—Pero, ¿no vendrán y mirarán?

—Eres un enemigo de los caminos justos del Señor, Excesivo —dijo Cristiano. Y ya has sido condenado por uno de los jueces de su Majestad por desviarte. ¿Por qué buscas llevarnos a una condenación así?

—Pero yo también soy un peregrino. Si esperaran un poco, caminaría con ustedes.

—¿Tu nombre no es Excesivo? —preguntó Cristiano.

—Sí, ese es mi nombre. Soy el hijo de Abraham.

—Te conozco —dijo Cristiano—. Has pisado sobre las huellas de Gehazi y Judas. Es un artilugio malvado el que usas. Tu padre fue colgado por traidor y tú no mereces una recompensa mejor. Está seguro de que cuando vayamos al Rey, le contaremos acerca de tu comportamiento.

Entonces Cristiano y Esperanzado siguieron su camino. Y Cristiano cantó:

Interés Privado y Excesivo plateado concuerdan;
uno llama, el otro corre, para que pueda ser

Un compañero en su Lucro; de esta forma tales
  tontos
están perdidos en este mundo que el diablo gobierna.

Los peregrinos llegaron a un lugar con un monu-
mento al lado del camino. Cuando lo vieron, ambos
se perturbaron, porque parecía como si una mujer se
hubiera transformado en una piedra. Esperanzado vio
escrito sobre la cabeza las palabras RECUERDA A
LA ESPOSA DE LOT.

Cristiano dijo:

—Esto es adecuado, después de la invitación de
Excesivo.

—Lamento haber sido tan tonto. Me pregunto
¿qué diferencia hay entre su pecado y el mío? Ella solo
miró atrás y yo tenía el deseo de ir a ver. Que la gracia
sea adorada y pueda avergonzarme porque una cosa
tal estuvo alguna vez en mi corazón.

—Prestemos atención a lo que vemos aquí para
que sea de ayuda para el tiempo venidero. Esta mujer escapó de un juicio, la destrucción de Sodoma. Sin
embargo, fue destruida por otro.

—Verdad, y ella quizá nos indique a nosotros precaución y ejemplo; precaución para eludir su pecado y
ejemplo para tener cuidado. Pero sobre todo esto, me
pregunto cómo Excesivo y sus compañeros pueden

ir tan confiados allá para buscar ese tesoro cuando esta mujer, solo por mirar detrás de ella, se convirtió en una estatua de sal. En especial porque puede verse desde donde nosotros estamos. No pueden evitar verla si miran hacia arriba.

–Es algo acerca de lo cual preguntarse. Se debate que su corazón se desesperó en este caso. Se dice que los hombres de Sodoma eran pecadores en extremo debido a que eran pecadores delante del Señor. Esto es, a la vista del Señor y a pesar de la gracia que les mostró, lo provocaron a celos e hicieron que el fuego cayera del cielo. Esto lleva a la conclusión de que a pesar de los ejemplos visibles establecidos de forma continua delante de ellos para prevenirlos acerca de lo contrario, ellos eran participantes de los juicios más severos.

–Qué misericordia es que yo mismo no haya sido hecho este ejemplo –dijo Esperanzado.

–Ella es una advertencia para ambos. Deberíamos agradecer a Dios, temerle y siempre "recordar a la esposa de Lot".

Continuaron su camino y pronto llegaron a un río agradable. Parecía el Río de Dios de David, el Agua de Vida de Juan el Bautista. Su camino bordeaba el río y caminaban con gran deleite. Los peregrinos bebieron del agua, que era agradable y vivificaba sus almas cansadas. En ambos lados de la ribera del río había árboles verdes con todo tipo de frutas. Las hojas de los árboles era buenas para medicina y el fruto era delicioso. En el otro lado del río había una pradera, embellecida por lirios. Era verde durante todo el año. Aquí durmieron de forma segura. Cuando se despertaron, recogieron frutas y bebieron del agua del río. Esto hicieron durante varios días y noches.

Cantaron:

Contemplen, ustedes, cómo estas corrientes cris-
talinas se deslizan
para consolar a los peregrinos del lado de la ca-
rretera.
Las praderas verdes además de su olor fragante,
producen bocados exquisitos: y el que puede decir
qué tan placenteros frutos y hojas estos árboles
producen,
pronto venderán todos, para que él pueda com-
prar este campo.

Cuando Cristiano y Esperanzado decidieron continuar en el camino, comieron y bebieron antes de dejar la pacífica pradera. No habían viajado mucho cuando el río y el camino se separaron. Lamentaban tener que dejar el río atrás, pero no se atrevían a salir del camino. Sin embargo, el camino desde el río era escarpado y los pies estaban cansados debido al viaje.

Entonces el alma de los peregrinos estaba desanimada y anhelaban un camino mejor.

Apareció un sendero pequeño delante de ellos, en el lado izquierdo del camino. Era Por el Camino de la Pradera. En la pradera, había un sendero a lo largo del camino.

—¿Por qué no deberíamos caminar allí? —preguntó Cristiano mientras trepaba la cerca para mirar la pradera—. Ven, Esperanzado, ese camino es más fácil para andar.

—Pero, ¿qué sucedería si el sendero nos llevara fuera del camino?

—Eso no es probable. ¿El sendero no es paralelo al camino?

Entonces cruzaron una cerca que abarcaba la alambrada y caminaron por el sendero en la pradera. Delante de ellos caminaba un hombre. Cristiano lo llamó:

—¿Quién eres? y, ¿adónde va este sendero?

—Soy Confianza Vana. Este sendero se dirige a la Ciudad Celestial —respondió el hombre—.

—¿No te lo dije? —le dijo Cristiano a Esperanzado.

Cuando llegó la noche, se tornó muy oscuro y no pudieron ver más al hombre que iba delante.

Confianza Vana, al no ver el camino delante de él, cayó en un pozo profundo, que había sido puesto a propósito por el príncipe de esas tierras para atrapar a los necios en él. Se destrozó con la caída.

Pero los peregrinos aunque oyeron su caída, luego solo escucharon gemidos. Dieron voces para saber cuál era el problema, pero nadie respondió.

–¿Dónde estamos ahora? –preguntó Esperanzado– detengámonos.

Pero Cristiano estaba silencioso, temeroso de haber guiado a Esperanzado fuera del camino. Comenzó a llover y había truenos y relámpagos atroces. El agua subió a su alrededor.

Esperanzado gimió y clamó:

–¡Oh, si hubiera permanecido en mi camino!

Cristiano respondió:

–¿Quién hubiera pensado que este sendero nos llevaría fuera del camino?

–Tenía temor desde el primer momento y por lo tanto te di una advertencia sutil. Debería haber hablado de forma más clara, pero eres mayor que yo.

–Buen hermano, no te ofendas. Lamento haberte llevado fuera del camino y haberte puesto en un peligro tan inminente. Por favor, perdóname. No lo hice con mala intención.

–Consuélate, hermano, porque te perdono. Y creo que esto será para nuestro bien.

–Estoy contento de tener conmigo a un hermano misericordioso. Pero no debemos estar aquí. Intentemos regresar.

–Permíteme ir delante –ofreció Esperanzado.

–No, permíteme a mí ir primero, entonces si hay

algún peligro, yo seré el primero. Es mi culpa que ambos nos hayamos salido del camino.

—No, tú no irás primero, porque tu mente está atormentada y te puede llevar fuera del camino otra vez.

Entonces oyeron a una voz decir:

—Deja que el corazón te lleve al camino otra vez.

Para este momento, las aguas estaban muy altas y regresar era muy peligroso. Pero igual lo intentaron. Estaba tan oscuro y la crecida era tan alta que pudieron haberse ahogado nueve o diez veces.

Al final encontraron un pequeño refugio y se sentaron a esperar que amaneciera. Como estaban cansados, se durmieron. No lejos del lugar en el que estaban, había un castillo. El propietario, Desesperación Gigante, se levantó temprano esa mañana y mientras caminaba por sus tierras, encontró a Cristiano y a Esperanzado dormidos.

Con una voz cruel y hosca los despertó:

—¿De dónde son y qué es lo que hacen en mi tierra?

—Somos peregrinos que hemos extraviado el camino.

—¡Están traspasando los límites al pisotear y al acostarse en mis tierras del Castillo Desconfianza! Deben venir conmigo.

¡Desesperación era un gigante! Entonces estuvieron forzados a ir debido a que era más grande que ellos. No tenían mucho para decir, porque sabían que estaban en falta.

Los llevó a los codazos hacia su castillo, donde los empujó en un calabozo muy oscuro, repugnante y apestoso. Aquí estuvieron desde el miércoles por la mañana hasta el sábado a la noche, sin siquiera un pedazo de pan, una gota de bebida, luz o alguien que les preguntara cómo estaban. Lejos de los amigos y de los conocidos, nadie sabía dónde estaban. En este lugar, Cristiano sintió un dolor doble debido a que fue su apresuramiento imprudente lo que los trajo aquí.

Cuando Desesperación fue a la cama, le dijo a su esposa, Falta de Confianza, lo que había hecho y de qué forma los dos prisioneros en el calabozo habían llegado allí. Cuando le pidió consejo, ella le recomendó golpear a los prisioneros sin misericordia.

Cuando se levantó a la mañana siguiente, tomó un garrote de árbol de manzano largo y bajó al calabozo donde estaban los prisioneros. Luego los apaleó de forma pavorosa y los dejó arruinados. Cuando Desesperación hubo terminado, se retiró y los dejó allí a merced de su miseria.

Todo ese día pasaron el tiempo nada más que en suspiros y en lamentaciones amargas.

Cuando Falta de Confianza supo que los peregrinos aún vivían, le aconsejó a Desesperación que les recomendara a los prisioneros que se eliminaran a sí mismos. Entonces, en la mañana, fue al calabozo irritado. Vio que estaban muy lastimados debido a la golpiza.

—¿Por qué vivir? —preguntó Desesperación—. La vida solo tiene amarguras. Les daré la oportunidad de que elijan entre un cuchillo, una soga o veneno.

Le rogaron al gigante que los dejara ir, pero le dio un ataque de ira ocasionado por el resplandor del sol en sus ojos, los arrojó de regreso al calabozo y se retiró.

Cristiano dijo:

—¿Qué haremos, hermano? ¡La vida que vivimos ahora es miserable! En lo que a mí respecta, no sé si es mejor vivir de esta forma o morir. Mi alma escoge ahorcarme antes que esta vida. ¡La tumba es más fácil para mí que este calabozo! ¿Seremos gobernados por el gigante?

—Por cierto nuestra situación actual es espantosa y la muerte sería mucho más bienvenida que vivir de esta forma por siempre. Pero a pesar de todo, el Señor del país hacia el cual vamos ha dicho: "No matarán" —respondió Esperanzado—. Y si uno se suicida mata el cuerpo y el alma a la vez. Y, ¿te has olvidado del infierno que espera a los asesinos? También, piensa acerca de esto. No toda la ley está en la mano del gigante Desesperación. Él ha tomado a otros, al igual que a nosotros y se han escapado de sus manos. ¿Quién sabe excepto Dios, que hizo el mundo, que puede hacer que el gigante muera, o que en algún momento u otro se olvide de encerrarnos? O que quizás cuando tenga otro de sus puños delante de nosotros no pueda usar sus extremidades. Si eso llegara a suceder otra vez, estoy decidido a armarme de valor y a tratar de hacer mi mayor esfuerzo para salir de debajo de su mano. Fui un tonto al no tratar de hacerlo antes. Sin embargo, mi hermano, seamos pacientes y resistamos un tiempo. Puede llegar el momento en que encontremos una liberación feliz. Pero no seamos nuestros propios asesinos.

Con eso, Esperanzado le hizo cambiar de idea a Cristiano.

Como se acercaba la noche, el gigante bajó al calabozo otra vez para ver si los prisioneros habían tomado su consejo. Pero cuando llegó allí, los encontró vivos. Casi. No habían tenido ni comida ni bebida durante todo el tiempo que habían estado allí y con las heridas que habían recibido de la golpiza, apenas podían respirar. Desesperación se enfureció y les dijo que como habían desobedecido su consejo, sería peor para ellos que si nunca hubieran nacido.

Con esto, los peregrinos temblaban mucho y Cristiano se desvaneció. Cuando se repuso un poco, renovó la conversación acerca del consejo del gigante y si deberían tomarlo o no. Cristiano parecía convencido otra vez, pero Esperanzado trató de disuadirlo nuevamente.

—Mi hermano, ¿recuerdas qué valiente has sido hasta ahora? Apolión no te pudo vencer, ni tampoco todo lo que oíste, viste o sentiste en el Valle de la Sombra de Muerte. ¿Qué adversidad, terror, consternación no has atravesado ya y sin embargo ahora no tienes otra cosa que no sea temor? Ves que estoy en el calabozo contigo, un hombre por naturaleza mucho más débil que lo que tú eres; este gigante me ha herido al igual que a ti y también ha quitado la comida y la bebida de mi boca y contigo guardo luto sin la luz. Pero ejercitemos un poco más de paciencia. Recuerda de qué forma te comportaste como hombre en la Feria de las Vanidades y no tenías temor de las cadenas, ni de la jaula, ni tampoco de la muerte sangrienta. Al menos evitemos la vergüenza que Cristiano no debería cargar y sostengámonos con paciencia tanto como podamos.

Esa noche, después de que el gigante y su esposa estaban en la cama, ella le preguntó con respecto a los prisioneros y si habían tomado su consejo.

Respondió:

–Son hombres resueltos quienes escogen cargar con todas las adversidades en vez de deshacerse de ellos mismos.

Dijo ella:

–Llévalos al patio del castillo mañana y muéstrales los huesos y las calaveras de aquellos que ya has matado y hazles creer que antes de que termine una semana, también los despedazarás, como has hecho con los que tienen delante de ellos.

Al día siguiente, Desesperación los llevó al patio del castillo y les mostró los huesos y las calaveras de sus víctimas.

–Estos eran peregrinos que traspasaron mis tierras como ustedes lo han hecho. Los despedacé. Dentro de diez días los despedazaré, así como he hecho con estos peregrinos delante de ustedes –y los golpeó todo el tiempo de regreso al calabozo.

Durante todo el sábado yacieron en el calabozo en un estado horrible.

Esa noche en la cama, el gigante y su esposa debatieron otra vez acerca de la suerte de los prisioneros. El gigante se cuestionó el hecho de que no podía obligarlos a darse fin sin importar lo que hiciera.

La esposa respondió:

–Temo que viven con la esperanza de que alguien vendrá para aliviarlos, o de que tienen ganzúas para abrir cerraduras que los ayudarán a escapar.

–Ahora que lo mencionas, mi querida, los registraré en la mañana.

A medianoche del sábado, comenzaron a orar y oraron hasta casi antes del amanecer.

Un poco antes del amanecer, Cristiano, impactado por un pensamiento repentino, dijo:

–¡Qué necio he sido al permanecer en este calabozo apestoso cuando podría estar libre! Tengo una llave en el pecho llamada Promesa que se supone que abre cualquier cerradura.

–Esa es una buena noticia, hermano. Arráncala de tu pecho y prueba.

Cristiano usó la llave para destrabar la cerradura

de la puerta de la celda, la puerta del patio del castillo y la gran puerta de hierro del castillo. Pero esa cerradura era muy dura. Abrió. Pero cuando empujaron para abrirla, crujió de forma tan fuerte que Desesperación corrió hacia afuera a la luz del sol para perseguirlos; le agarró un ataque y sus piernas eran demasiado débiles como para alcanzarlos.

Los hombres corrieron todo el camino de regreso y encontraron la escalera que los llevaba al camino otra vez. Una vez que se encontraron fuera de la cerca, ya estaban fuera del dominio del gigante, y por lo tanto, estaban seguros. Para impedir que otros peregrinos cometieran el mismo error que ellos, erigieron una estatua con una advertencia:

—Sobre esta escalera está el camino que lleva al Castillo de la Duda, guardado por el Gigante Desesperación, quien desprecia al Rey de la Ciudad Celestial y busca destruir a sus peregrinos santos.

Hecho esto, Cristiano y Esperanzado continuaron el camino cantando:

Fuera del camino fuimos y luego encontramos
que era como pisar suelo prohibido.
Y permitamos que aquellos que vengan después
*   sepan hoy*
que no deben descuidarse, tampoco, salirse del
*   camino*
que, por traspasarlo, soportarán la prisión

en el Castillo de la Duda cuyo nombre es Deses-
peración.

Marcharon hasta que llegaron a las Montañas Deliciosas. Escalaron las montañas para ver los jardines y los huertos, las viñas y las fuentes de agua. Bebieron y se bañaron y comieron con libertad del fruto de las viñas. En las cimas de las montañas, al costado del camino, cuatro pastores alimentaban sus rebaños.

Cristiano y Esperanzado fueron hacia ellos y mientras se recostaban sobre los peldaños, Cristiano preguntó:

–¿A quién pertenecen estas Montañas Deliciosas? y, ¿de quién son las ovejas que se alimentan en ellas?

–Estas montañas son la Tierra de Emanuel –respondió un pastor–. Se encuentran dentro de la vista de su Ciudad. Estas ovejas le pertenecen a Él. Dio su vida por ellas.

–¿Es este el camino hacia la Ciudad Celestial?

–Están en su camino –concordó el pastor.

–¿Qué tan lejos queda? –preguntó Cristiano.

–Demasiado lejos para todos excepto para los que perseveran.

–¿El camino a la Ciudad Celestial es seguro o peligroso? –preguntó Cristiano.

—Seguro para algunos. "Pero los rebeldes trastabillan" en el camino.

—¿Hay en este lugar algún descanso para los cansados?

Un pastor respondió:

—El Señor de estas montañas nos dijo: "No olviden atender a los extraños". Por lo tanto, todo lo bueno del lugar es de ustedes.

Luego los cuatro pastores les formularon a Cristiano y a Esperanzado muchas preguntas, tales como ¿De dónde venían? ¿Cómo entraron en el camino? ¿Cómo han perseverado en este viaje? Vieron pocos peregrinos, porque la mayoría no llegó tan lejos. Cuando los pastores oyeron las respuestas, estaban complacidos y los miraron de forma amorosa.

—Bienvenidos a las Montañas Deliciosas —dijo uno—. Somos Conocimiento, Experiencia, Observador y Sincero. Tomaron a Cristiano y a Esperanzado de la mano y los guiaron hacia sus tiendas. Les hicieron comer de lo que estaba preparado en ese momento. Y dijeron:

—Nos gustaría que se quedaran aquí por un tiempo, para llegar a conocernos, y lo más importante, para que se reconforten con lo bueno de estas Montañas Deliciosas.

Cristiano y Esperanzado dijeron que estaban complacidos con la idea de quedarse. Todos fueron pronto a la cama porque era muy tarde.

Al día siguiente, los pastores los llevaron caminando. Tenían una hermosa vista para contemplar de cada lado. Luego, los pastores decidieron mostrarles algunas maravillas. Entonces, primero los llevaron a la cima de la montaña llamada Error, la cual era muy pronunciada del lado exterior. Cuando los pastores les dijeron, los peregrinos miraron hacia abajo a un precipicio para ver a muchos hombres arrojados y despedazados por haber caído desde la cima.

—¿Qué sucedió? —preguntó Cristiano.

—Estos hombres oyeron a Himeneo y a Amable, quienes dijeron que la resurrección de los fieles ya se había llevado a cabo —respondió un pastor—. Yacen desenterrados desde ese día hasta ahora como una advertencia para llamar la atención de cómo treparon demasiado alto o se acercaron demasiado al borde de la montaña.

Después, llegaron a la cima de la montaña Precaución. En la distancia, vieron hombres que subían y bajaban entre las tumbas que había allí. Y vieron que los hombres estaban ciegos porque tropezaban en las tumbas y nunca encontraban el camino para salir del cementerio.

—¿Qué es lo que esto significa? —preguntó Cristiano.

Un pastor respondió:

—¿Ves un poco debajo de esas montañas una escalera que lleva a una pradera en el costado izquierdo del camino?

–Sí.

–Desde esa escalera se va a un sendero que lleva directamente al Castillo de la Duda, el cual es custodiado por el Gigante Desesperación y estos hombres una vez vinieron en peregrinación, al igual que ustedes ahora, hasta que llegaron a la escalera. Debido a que el camino es difícil en ese punto, escogieron salir e ir a la pradera y fueron llevados por el gigante y lanzados a los calabozos del castillo. Les arrancó los ojos y los llevó entre estas tumbas para que deambulen para cumplir con el proverbio: "Quien se aparta de la senda del discernimiento irá a parar entre los muertos".

Cristiano y Esperanzado se miraron el uno al otro con lágrimas en sus rostros, sin embargo no dijeron nada todavía a los pastores.

Después, los pastores los llevaron a un valle donde había una puerta en la ladera de la montaña. Mientras un pastor abría la puerta, les pidieron a los peregrinos que miraran adentro. Cuando lo hicieron, vieron que el interior estaba muy oscuro y con humo. También oyeron un sonido retumbante como de fuego y gritos de algunos de los atormentados. El olor del humo y del azufre casi los abruma.

–¿Qué es esto? –preguntó Cristiano.

–Una desviación hacia el infierno –respondió un pastor– para los hipócritas, principalmente Esaú, que vendió su primogenitura; o Judas, quien vendió a su Maestro; o como Alejandro, quien blasfemó el Evangelio; o como los mentirosos Ananías y Safira.

–Cada uno de ellos comenzó el peregrinaje como nosotros, ¿no es así? –preguntó Esperanzado.

–Sí –dijeron los pastores–. Y se mantuvieron por un largo tiempo, también.

–¿Hasta dónde llegaron en el peregrinaje, ya que los arrojaron fuera de esa forma tan miserable? –preguntó Esperanzado.

–Algunos más lejos y otros no llegaron a estas montañas.

–Entonces necesitamos clamar al Fuerte para que nos dé fuerzas.

–Sí y tendrás la necesidad de usarlas cuando las tengas –concordaron los pastores.

Por aquel entonces, los peregrinos tenían el deseo de seguir adelante con el viaje. Entonces los pastores los llevaron al final de las montañas tratando de mostrarles a los peregrinos las puertas de la Ciudad Celestial. Sobre la montaña Claridad, les permitieron a los peregrinos mirar hacia la Ciudad Celestial a través de un telescopio.

Mientras trataban de mirar, el recuerdo de lo que los pastores les habían mostrado, hizo que las manos les temblaran de tal manera que no podían mirar de forma directa a través del vidrio. Sin embargo, podían distinguir algo como la puerta y algo de la gloria del lugar.

Mientras se iban, uno de los pastores les dio una "Nota de las Direcciones del Camino".

Otro alertó:

—Tengan cuidado con el Adulador.

El tercero les advirtió:

—Tengan cuidado de no dormirse en la Tierra Encantada.

El cuarto les dijo:

—¡Que Dios los acompañe!

Y se alejaron, cantando esta canción:

De esta manera, por los pastores se nos revelaron
  secretos,
que a los ojos de los peregrinos se guardan ocultos:
vengan a los pastores, entonces, si responsables son
verán cosas escondidas y misteriosas.

Los peregrinos bajaron las montañas a lo largo del camino hacia la Ciudad. Un poco debajo de las montañas, hacia la izquierda, se encontraba el país de Altivez. De ese país viene el camino en que los peregrinos caminaron por una senda torcida. Aquí se encontraron con un muchacho muy dinámico que venía de ese país. Su nombre era Ignorancia.

—¿De qué tierra vienes? —preguntó Cristiano—. Y, ¿a dónde vas?

–Yo soy Ignorancia –replicó el muchacho–. Vengo de Altivez. Voy a la Ciudad Celestial.

–Puedes tener alguna dificultad allí para pasar por la Puerta.

–Como el resto de las personas –respondió Ignorancia.

–Pero, ¿qué certificado enrollado tienes para mostrar a la Puerta?

–Conozco la voluntad de mi Señor –respondió Ignorancia–. He vivido una vida buena. Pago mis deudas. Oro, ayuno, pago los diezmos, doy limosnas. Y he dejado mi país por la Ciudad Celestial.

–Pero no entraste por la portezuela que está al principio del camino –se preocupó Cristiano–. Temo que no entrarás a la Ciudad. A cambio, se te imputará como "un ladrón y un asaltante".

–Caballeros, son completos extraños para mí. No los conozco. Estén satisfechos de seguir la religión de su país y yo seguiré la religión del mío. Espero que todo esté bien, y con respecto a la portezuela de la cual hablan, todo el mundo sabe que es una gran salida. No puedo pensar que ningún hombre de algún lugar haga tanto para conocer el camino hacia ahí. Ni tampoco importa si lo hacen o no, ya que tenemos, como ves, una pradera verde, fina y agradable que viene de nuestro país como el camino hacia ahí.

Cuando Cristiano vio que el hombre era sabio en su propia altivez, le susurró a Esperanzado:

—Hay más esperanza en un necio que en él. Como Salomón el sabio dice: "Y aún en el camino por el que va, el necio revela su falta de inteligencia y a todos va diciendo lo necio que es". ¿Hablaremos más con él ahora o iremos delante de él y lo dejaremos para que piense acerca de lo que ya ha oído? Más tarde, podríamos unirnos a él y ver si, de forma gradual, podemos hacerle algún bien.

—Pasémoslo y hablemos con él después, si lo puede soportar —dijo Esperanzado—. No es bueno, creo, decirle todo de una sola vez.

Entonces continuaron e Ignorancia estuvo detrás de ellos en el camino. Cuando se alejaron de Ignorancia, entraron en una pradera muy oscura. Fuera del camino vieron a un hombre atado por siete cuerdas fuertes a un mástil llevado por siete demonios. Los llevaron a la puerta que se encuentra al costado de la montaña. Cristiano comenzó a temblar, al igual que Esperanzado. Mientras los demonios llevaban al hombre, Cristiano miró para ver si lo conocía.

—El hombre condenado luce como Distanciado, de Apostasía —susurró Cristiano.

—Inscripto en la espalda del hombre están las palabras "Profesor Lujurioso y Apóstata Condenable" —susurró Esperanzado.

—Ahora recuerdo algo que escuché que le sucedió a un buen hombre de por aquí —dijo Cristiano—. El nombre del hombre era Poca Fe, pero era un buen hombre, y vivió en Sinceridad. La entrada de este pasaje viene desde la Puerta de Camino Amplio, una callejuela llamada Callejuela del Hombre Muerto, este nombre se debe a los muchos asesinatos que se cometen comúnmente allí. Poca Fe estaba en peregrinaje, como lo estamos ahora, y se arriesgó a sentarse allí y a quedarse dormido. En ese momento tres hombres, granujas fornidos, bajaron de la callejuela. Eran tres hermanos, Corazón Débil, Desconfianza y Culpa. Ellos vieron a Poca Fe que estaba durmiendo y vinieron corriendo. El buen hombre se acababa de despertar y se estaba levantando para continuar su viaje. Los tres vinieron a él y con lenguaje amenazante le dijeron que se pusiera en pie. Poca Fe los miró tan blanco como una hoja, no tenía poder para pelear ni para escapar.

Corazón Débil dijo:

–Dame el monedero.

Poca Fe no se apresuró para hacerlo.

Desconfianza corrió hacia él, deslizó la mano en el bolsillo y sacó una bolsa de plata.

Poca Fe gritó: –¡Ladrones, ladrones!

Entonces, Culpa, con un garrote grande que tenía en la mano, golpeó a Poca Fe en la cabeza y lo arrojó al suelo donde yacía sangrando.

Los ladrones estuvieron cerca hasta que oyeron a alguien en el camino. Temiendo que podía ser Gracia Grande, quien vive en la ciudad de Buena Confianza, escaparon y dejaron a Poca Fe para que se defendiera a sí mismo. Después de un tiempo, Poca Fe volvió en sí y caminó como rengueando por el camino.

—Pero, ¿le sacaron todo lo que alguna vez tuvo? —preguntó Esperanzado.

—No. No encontraron el lugar donde estaban las joyas. Pero, el buen hombre estaba muy afectado debido a la pérdida, porque los ladrones le quitaron la mayor parte del dinero que tenía para gastar. Tenía un poco de dinero suelto que le quedaba, pero no lo suficiente como para llegar hasta el final del viaje. Se vio forzado a mendigar mientras iba, para mantenerse vivo. No obstante, pasó muchos momentos de hambre todo el resto del camino hacia la Ciudad Celestial.

—¿No es una sorpresa que no obtuvieran el certificado mediante el cual iba a recibir la admisión a la Puerta Celestial?

—Es una sorpresa, pero no lo obtuvieron. No a través de su propia sagacidad, porque no tuvo tiempo de esconder nada. Entonces, eso fue más por providencia que por su esfuerzo.

—Debe haber sido un alivio para él que los ladrones no lo obtuvieran.

—Debería haber sido un alivio para él si lo hubiera usado. Pero después del ataque hizo muy poco uso de ello el resto del camino debido a la consternación de que los ladrones le habían quitado su dinero. De hecho, se olvidó de la mayoría del resto del viaje. Cualquier recuerdo que le viniera a la mente para confortarlo, lo perdía cuando recordaba acerca de la pérdida. Y esos pensamientos se tragaban el consuelo.

—¡Pobre hombre! Esta no podría ser sino una aflicción grande para él.

—Es así, una aflicción por cierto. No es de sorprenderse que muriera con pena. Me contaron que todo lo que esparció durante todo el resto del camino no fue otra cosa que quejas tristes y amargas.

—Pero, Cristiano, estoy convencido de que estos tres compañeros son una compañía de cobardes. De otra forma, ¿hubieran corrido como lo hicieron cuando escucharon el ruido de alguien que venía en el camino? Y, ¿por qué Poca Fe no tuvo algo de valentía? Pensé que debería haberlos enfrentado y doblegarse cuando no hubiera otra elección.

—Son cobardes. No son mejores que los ladrones aprendices, que sirven bajo el rey del pozo sin fondo que vendrá en su ayuda si la necesitan. Y su voz es como la de un león rugiente. Y cuando estos tres hombres me atacaron, yo también, casi me rindo cuando su líder rugió. Pero estaba vestido con la Armadura de la Prueba. Aún encuentro que es un trabajo difícil terminar la obra como un hombre.

—Pero corrieron —señaló Esperanza— cuando sospecharon que Gracia Grande venía.

—No es de admirarse que corrieran. Gracia Grande es el campeón del Rey. Pero hay que poner algo de distancia entre Poca Fe y sus campeones. Todos los súbditos del Rey no son sus campeones. Ni tampoco pueden ellos, cuando lo intentan, hacer tales proezas de guerra como él. Algunos son fuertes, algunos son débiles, algunos tiene una fe grande, otros tienen poca. Este hombre era uno de los débiles; por lo tanto, fue a los muros.

—Porque los súbditos como tú y yo, no deseamos nunca encontrarnos con un enemigo, ni tampoco jactarnos como si lo pudiéramos hacer mejor cuando oímos acerca de otros que han sido engañados y han fracasado. Pero cuando oímos los robos que suceden en la carretera del Rey, tenemos dos cosas que podemos hacer: primero, salir completamente vestidos con la armadura, incluyendo el escudo; segundo, debemos desear que el Rey vaya con nosotros. Orar, para poder hacerlo mejor. Incluso Pedro, quien dijo que podía pararse más firme para su Maestro que todos los otros hombres, fracasó debido a los villanos.

Entonces, continuaron con Ignorancia, siguiendo hasta que llegaron a un lugar donde vieron un camino que atravesaba el camino de ellos. Parecía extenderse tan derecho como el camino por el cual deberían ir. No sabían cuál de los dos tomar, porque ambos parecían derechos delante de ellos. Entonces se quedaron quietos para reflexionar.

Un hombre con una túnica blanca apareció en el otro camino.

—¿Adónde van? —preguntó.

–A la Ciudad Celestial, pero no estamos seguros de cuál es el camino correcto –respondió Cristiano.

–Síganme –dijo el hombre–. Este es el camino.

Entonces siguieron al hombre, quien elogiaba todo lo que los peregrinos decían. Cristiano estaba confundido. ¿Este camino nuevo que era tan lento los apartaba del camino en el que habían estado? De repente, estaban atrapados dentro de una red, tan enmarañada que no sabían qué hacer. La túnica blanca cayó del hombre. Era un diablo. Y los peregrinos sabían que los estaba llevando al infierno. Estuvieron llorando por algún tiempo, porque no podían salir.

–¿Recuerdas el proverbio: El que adula a su prójimo le tiende una trampa? –le preguntó Cristiano a Esperanzado–. ¿No nos advirtieron los pastores acerca de lo aduladores?

–También nos dieron una "Nota de Dirección para el Camino". La cual olvidamos leer –lamentó Esperanzado–. Y ahora estamos en el camino del destructor.

Oraron por misericordia. Mientras yacían en la red, uno Brillante apareció, llevaba un látigo pequeño. Cuando llegó donde estaban ellos, les preguntó de dónde venían y qué era lo que hacían allí. Le dijeron que eran peregrinos pobres en el camino hacia la Ciudad Celestial. Un diablo con una túnica blanca los había engañado y los había sacado del verdadero camino.

–Es Adulador, un apóstol falso –dijo el Brillante–. Se viste como Ángel de Luz.

Rasgó la red y les permitió salir. Luego dijo:

—Síganme para que los pueda colocar en el camino otra vez. Entonces los guió de regreso al camino.

Después les preguntó:

—¿Dónde estuvieron anoche?

—Con los pastores en las Montañas Deliciosas.

—¿No les dieron una "Nota de la Dirección del Camino"?

—Sí.

—Pero, ¿la sacaron y la leyeron cuando descansaban?

—No.

—¿Por qué?

—Nos olvidamos.

—Bueno, entonces, ¿los pastores no les dijeron que tuvieran cuidado del Adulador?

—Sí, pero ni siquiera nos imaginamos que este hombre que hablaba de forma tan fina fuera él.

Pero antes de que Brillante los dejara, le ordenó que se tumbaran y cuando lo hicieron les dio latigazos y los reprendió por olvidarse las indicaciones de los pastores.

—Como muchos a los que amo, los amonesto y los castigo. Sean celosos, por lo tanto y arrepiéntanse.

Entonces le agradecieron al hombre por toda su amabilidad y mientras continuaban de forma cuidadosa en el camino correcto, cantaron:

Ahora oigan, ustedes que van por el camino,
para que escuchen cómo les fue a los peregrinos
que se desviaron:
fueron atrapados, enredados en una red,
porque el buen consejo los dos olvidaron.
es verdad que uno los rescató, pero aún así ves
que los castigó también: que esta sea tu adver-
  tencia.

Después de un tiempo, vieron a un hombre solo que caminaba de forma cuidadosa hacia ellos.

Cristiano le dijo a Esperanzado:

–Hay un hombre con la espalda hacia la Ciudad Celestial y viene para encontrase con nosotros.

–Lo veo. Tengamos cuidado de otro adulador –susurró Esperanzado.

Entonces el hombre se acercó más y más y al final llegó a ellos.

–¿Adónde van? –pregunto el extraño.

–A la Ciudad Celestial –respondió Cristiano.

El extraño se rió con fuerza:

–Qué personas ignorantes que son, para asumir sobre ustedes un viaje tan tedioso. No obtendrán nada por los dolores o mi nombre no es Ateo.

–¿Crees que no nos recibirán?

–¡Recibir! No hay un lugar tal como el que sueñan en todo este mundo.

–Pero lo hay en el mundo venidero.

–He estado buscando esta Ciudad por veinte años, pero no he hallado nada más de ella que el primer día que emprendí el viaje.

–Ambos hemos oído y creído que ese lugar puede ser hallado.

–Si no hubiera creído antes de emprender el viaje, no hubiera llegado tan lejos para buscar. Pero no habiendo encontrado nada, a pesar de que debería, si es que hay un lugar tal, regreso otra vez. Buscaré refrescarme con las cosas que arrojé antes de mi búsqueda infructuosa.

–¿Piensas que dice la verdad? –le preguntó Cristiano a Esperanzado.

–Ten cuidado –respondió Esperanzado–. Es uno de los aduladores. Recuerda lo que casi nos cuesta por escuchar a uno de estos sujetos. ¿Qué? ¿Qué no hay Ciudad Celestial? Vimos la puerta de la Ciudad desde las Montañas Deliciosas. Caminamos en fe. No somos de esos que retroceden y son destruidos, sino de aquellos que creen y son salvos. Continuaremos.

–Mi hermano, no te hice la pregunta debido a que dudara de la verdad de nuestra creencia, sino para probarte y para sacar de ti un fruto de honestidad del corazón. Con respecto a este hombre, sé que ha sido cegado por el dios de este mundo. Permite que tú y yo sigamos, sabiendo que creemos en la verdad y no hay ninguna mentira en esta verdad.

—Ahora me regocijo en la esperanza de la gloria de Dios —dijo Esperanzado.

Y le dieron la espalda al hombre que se rió de ellos y se fue por su camino.

Continuaron por el camino hasta que entraron a una tierra cuyo aire, de forma natural, tiende a que uno se sienta adormecido si es un extraño en la tierra. Esperanzado comenzó a sentirse muy desanimado, pesado y con sueño. Le dijo a Cristiano:

—Me siento desanimado. Apenas puedo mantener los ojos abiertos. Acostémonos aquí y durmamos una siesta.

—Por nada del mundo, a menos que no quieras volver a despertarte —dijo Cristiano.

—Por qué, mi hermano. El dormir es dulce para el hombre laborioso. Quizás podamos refrescarnos si tomamos una siesta.

—¿No recuerdas que los pastores nos advirtieron acerca de la Tierra Encantada? Quiso decir que deberíamos tener cuidado de dormir. Entonces, no durmamos al igual que muchos otros lo hacen. Observemos y seamos sobrios.

—Confieso mi falta —dijo Esperanzado—. Si hubiera estado solo aquí podría haber muerto. El sabio dijo "Dos son mejor que uno". Incluso antes que ahora, tu compañía ha sido mi misericordia.

–Ahora, entonces –dijo Cristiano– para prevenir el adormecimiento en este lugar, tengamos una conversación animada.

–Con todo mi corazón.

–¿Dónde comenzaríamos?

–Donde Dios comenzó con nosotros, pero tú vas primero, por favor –dijo Esperanzado.

Entonces Cristiano cantó esta canción:

Cuando los peregrinos se vuelvan somnolientos,
deja que vengan a nosotros,
y oigan de qué forma animada hablan estos.
Sí, permite que aprendan lo que ideamos
mantener boquiabierto el adormecimiento, los
*   ojos dormidos;*
el compañerismo de los santos, si se lo maneja
*   bien,*
los mantiene despiertos, y eso en vez del infierno.

Luego Cristiano dijo:

–Te haré una pregunta. ¿Cómo se te ocurrió pensar como lo haces ahora?

–¿Quieres decir, ¿cómo llegué al principio de ocuparme de cuidar de mi alma?

–Sí, eso es lo que quise decir.

–Continué mucho tiempo en el deleite de esas

cosas que se ven y se venden en nuestra feria, cosas que ahora creo que me hubieran hundido en la perdición y en la destrucción.

–¿Qué cosas eran esas?

–Todos los tesoros y las riquezas del mundo –dijo Esperanzado–. También me deleitaba mucho en la juerga, fiestas, en beber, jurar, mentir, la suciedad, quebrantar el día del Señor y otras cosas que tendían a destruir mi alma. Pero me di cuenta, al oír y considerar las cosas que son divinas, lo que por cierto oí de ti y de Fiel, que el fin de estas cosas es la muerte. Por estas cosas la ira de Dios viene sobre los hijos de desobediencia.

–¿Y caíste bajo el poder de esta convicción?

–No, no deseaba saber la maldad del pecado ni la condenación que le sigue. En cambio, me esforcé, cuando mi mente comenzó al principio a sacudirse por la Palabra, a cerrar los ojos contra la luz que ella emanaba.

–Pero, ¿cuál fue la causa por la que resistías a la primera obra del Espíritu bendito de Dios?

–Ignoraba que esta era la obra de Dios en mí. Jamás pensé que mi nueva conciencia con respecto al pecado fuera el resultado de que Dios buscaba mi conversión. Sin embargo, el pecado era demasiado dulce para mi carne y no quería dejarlo. No quería desprenderme de mis antiguos compañeros debido a que su presencia y acciones eran deseables para mí. Pero las horas en las que estaba convencido de mi pecado eran tan problemáticas y aterradoras que no podía soportar recordarlas.

—Pero, ¿algunas veces te deshiciste del problema?

—Sí, pero venía a mi mente otra vez, y era peor que antes.

—Antes del viaje, ¿qué trajo los pecados a tu mente? —preguntó Cristiano.

—Muchas cosas traían los pecados a mi mente. Si me encontraba con un hombre justo en la calle. Si alguien leía la Biblia. Si me dolía la cabeza. Si oía que un vecino estaba enfermo. Si oía las campanas que repicaban por los muertos. Si pensaba que yo moría. Si escuchaba acerca de la muerte repentina de alguien o pensaba que yo mismo podría llegar a un juicio repentino.

—¿Qué hiciste con respecto a eso? —preguntó Cristiano.

—Me esforcé para cambiar mi vida. No solo volverme de mi propio pecado, sino también dejar atrás las compañías pecaminosas. Oré, leí la Biblia, lloré por el pecado y les conté la verdad a los vecinos. Pero la aflicción regresó.

—¿Por qué? ¿No te habías reformado?

—Por muchas cosas. En especial cosas tales como pensar "Todas nuestras justicias son como trapos de inmundicia". Debido a que "Un hombre no es justificado por la Ley, sino por la fe en Jesucristo". Finalmente llegué a la conclusión de que es necio pensar en alcanzar el cielo mediante la ley. Si un hombre incurre en una deuda de cien pesos con el almacenero y después de eso pagara por todo lo que compra, su antigua deuda aún quedaría impaga en el libro de deudas del almacenero. El almacenero lo podría demandar y llevarlo a prisión hasta que pague la deuda.

–Entonces, ¿cómo aplicaste esto a tu vida?

–Porqué, pensé esto: *debido a mis pecados tengo una deuda con Dios, la que está registrada en su Libro y mi reforma actual no saldará esa deuda. Por lo tanto, aún debería pensar, pese a haberme enmendado, ¿cómo podría ser libre de esa condenación que me traje a mí mismo debido a los pecados anteriores?*

–Una muy buen aplicación. Continúa.

–Otra cosa que me sigue molestando –continuó Esperanzado–, aunque me haya reformado, es que si miro cuidadosamente en lo mejor de lo que hago en la actualidad, aún veo pecado, pecado nuevo, mezclado aún con lo mejor de aquello que hago. Entonces ahora, estoy forzado a concluir que cometo suficiente pecado como para enviarme al infierno, incluso si mi vida anterior no hubiese tenido faltas.

–¿Qué hiciste entonces? –preguntó Cristiano.

–No supe qué hacer hasta que un día en Vanidad hablé con sinceridad a Fiel, porque teníamos mucha confianza. Me dijo que a menos que pudiera obtener la justicia de un hombre que jamás hubiera pecado, ni yo ni toda la justicia del mundo podría salvarme.

–¿Piensas que dijo la verdad?

–No lo hubiese creído antes de ver mi propia debilidad hacia el pecado. Pero desde que he visto el pecado que se aferra a mis mejores acciones, me he visto forzado a estar de acuerdo con él.

–¿Pero pensaste, cuando te lo sugirió al principio, que podías hallar un hombre tal? ¿Alguien de quien podría verdaderamente decirse, "Este hombre jamás cometió pecado alguno"?

–Al principio sonaba extraño, pero después de charlar un poco más y de pasar tiempo con Fiel, me convencí de ello.

–Le preguntaste: "¿Qué hombre es este?" Y ¿de qué forma puedes ser justificado por él?

–Sí, y me dijo que era el Señor Jesús que mora a la diestra del Altísimo. "Entonces", dijo, "tú debes ser justificado por él, al confiar en lo que él ha hecho por sí mismo en los días en los que vivió en la carne y sufrió cuando lo colgaron del madero". Le pregunté de qué forma la justicia de *aquel* Hombre podría ser tan poderosa como para justificar a otro delante de Dios. Y me dijo que Él era el Dios poderoso y que hizo lo que hizo y sufrió la muerte también, no por sí mismo sino por mí. Sus obras y su dignidad ante Dios me serían impartidas si creyera en Él.

–¿Qué hiciste entonces? –preguntó Cristiano.

–Hice una lista de las objeciones que surgían en contra de la fe, porque pensé que no deseaba salvarme.

–¿Qué es lo que Fiel te dijo entonces?

–Me rogó que fuera con él y viera. Le dije que era pedantería y Fiel dijo que no, estaba invitado a ir. Luego me dio una copia del Libro de Jesús que hablaba acerca de la invitación a los hombres, para animarme a que fueran a Él libremente. Le pregunté a Fiel qué era lo que debía hacer cuando viniera. Y me dijo que debía orar de rodillas con todo el corazón y alma y que el Padre se me revelaría a mí. Luego le pregunté qué decir en las súplicas cuando llegara a Él y Fiel me enseñó esta oración para la salvación:

Dios, sé misericordioso conmigo, un pecador, y hazme conocer y creer en Jesucristo. Porque veo que si su justicia no hubiera existido, o no hubiera tenido fe en su justicia, sería condenado por completo. Señor, he escuchado que eres un Dios misericordioso y has ordenado a tu Hijo, Jesucristo, el Salvador del mundo.

Además, he oído que deseas conferir a un pobre pecador como yo tu gracia y la salvación de mi alma, a través de tu Hijo, Jesucristo, Amén.

–¿Hiciste como se te rogó?
–Sí, muchas veces.
–¿El Padre te reveló su Hijo a ti?
–No al principio, ni muchas veces después de eso.
–¿Qué hiciste entonces?
–¡No sabía qué hacer!

—¿No pensaste en no orar más?

—Sí. Cientos de veces y más.

—¿Por qué no lo hiciste?

—Creí que todo lo que me dijeron era verdad. Necesitaba la justicia de Cristo para vivir y pensé que si dejaba de orar por eso, moriría en mi pecado. Entonces, este versículo vino a mi mente: "Aunque parezca tardar, espérala; porque sin falta vendrá". Entonces continué orando hasta que el Padre me mostró a su Hijo.

—¿De qué forma se te reveló? —preguntó Cristiano.

—Un día lo vi, no con los ojos, sino con el corazón. El Señor Jesús miró hacia abajo desde el cielo y dijo: "Cree en el Señor Jesús y serás salvo".

Y respondí: "Señor, soy un gran pecador".

Me dijo: "Mi gracia es suficiente para ti". Y mi corazón se llenó de alegría, mis ojos de lágrimas, mi amor se desbordaba en los caminos de Jesucristo. Si hubiera tenido miles de litros de sangre en el cuerpo, la hubiera derramado toda para el Señor Jesús.

—Esta realmente fue una revelación de Cristo en tu alma. Pero dime específicamente qué efecto tuvo esto en tu espíritu.

—Me hizo ver que todo el mundo se encuentra en un estado de condenación. Me hizo ver que Dios el Padre, a pesar de que es justo, puede justificar al pecador que viene a Él. Yo estaba avergonzado en gran manera por la infamia de mi vida anterior y estaba aturdido con el sentido de mi propia ignorancia. Hasta que vi la belleza de Jesucristo, no tenía amor por la vida santa. Ahora anhelo hacer algo por el honor y la gloria del nombre del Señor Jesús.

Justo después, Esperanzado miró hacia atrás y vio a Ignorancia.

—Mira qué lejos los jóvenes holgazanean detrás de nosotros.

—A Ignorancia no le interesa nuestra compañía.

—Esperémoslo.

Cuando Ignorancia vino más cerca, Cristiano gritó:

—¿Por qué están tan lejos atrás?

—Me gusta más caminar solo —replicó Ignorancia.

—Ven —Cristiano animó al joven—. Hablemos mientras estemos en este lugar solitario. ¿Cómo están las cosas entre Dios y tu alma?

Ignorancia se acercó.

—Espero que bien, porque siempre estoy lleno de buenos pensamientos que vienen a mi mente para animarme cuando camino.

—¿Cuáles son estos pensamientos?

—Acerca de Dios y del cielo.

—También lo hacen los demonios y las almas condenadas —comentó Cristiano.

—Pero yo deseo a Dios y al cielo —argumentó Ignorancia.

—También lo hacen muchos que probablemente jamás irían allí. El alma de los perezosos desea y no tiene nada. ¿Por qué estás convencido de que has dejado todo por Dios y el cielo?

–Mi entendimiento me lo dice –dijo Ignorancia.

–El Sabio dice: "El que confía en sí mismo es un necio".

–Esto lo dice de un corazón malvado. Pero el mío es bueno.

–¿Cómo lo puedes probar?

–Me consuela la esperanza del cielo.

Y de esta forma, hacían bromas de aquí para allá, Cristiano respondía cada una de las suposiciones de Ignorancia con verdades de la Biblia.

–Esta fe tuya no se encuentra en ningún lugar de la Biblia. La verdadera fe encuentra su refugio en la justicia de Cristo, no en la propia.

–¡Qué! ¿Harás que confiemos en lo que Cristo ha hecho sin nosotros? Nos tendrías pecando todo lo que quisiéramos, porque podríamos ser justificados por medio de la justicia personal de Cristo mientras creamos en eso.

–Ignorancia es tu nombre así eres –dijo Cristiano–. Ignoras los verdaderos efectos de la fe en esta justicia de Cristo, la cual compromete tu corazón a Dios en Cristo y te hace amar sus caminos.

–¿Alguna vez se te ha revelado Cristo desde el cielo? –le preguntó Esperanzado a Ignorancia.

–¿Qué? ¡Eres un hombre de revelaciones! Creo que lo que tanto tú como el resto de los otros dicen acerca del tema no es otra cosa que el fruto de cerebros que desvarían.

—¿Por qué? Cristo está escondido en Dios del entendimiento natural de toda la carne y no puede ser conocido para salvación por ningún hombre a menos que Dios el Padre se los revele.

—Esta es tu fe, pero no la mía. No dudo que la mía sea tan buena como la tuya —respondió Ignorancia.

—Dame permiso para decir unas palabras —dijo Cristiano—. No debes hablar de forma tan liviana de este tema. Yo afirmo de forma valiente que ningún hombre puede conocer a Jesucristo sino por medio de la revelación del Padre. Sí, y fe también, por medio de la cual el alma se mantenga en Cristo, se debe trabajar por la supereminente grandeza de su poder. Percibo que eres ignorante de la obra de la fe. Entonces, levántate, mira tu propia miseria y vuelve al Señor Jesús. Porque por medio de su justicia, que también es la justicia de Dios, serás liberado de la condenación.

—No puedo continuar con ustedes, van muy de prisa —dijo Ignorancia— continúen solos.

Cristiano y Esperanzado cantaron:

Bueno, Ignorancia, eres tan necio de
rechazar el buen consejo, que se te dio ¿diez veces?
Y si lo rechazas aún, sabrás,
demasiado pronto, el mal de lo que haces.

*Recuerda, hombre, con el tiempo: Producir. No
temas.*
*El buen consejo que se toma bien salva; por lo
tanto, escucha.*
Pero si lo rechazas, serás
el perdedor, Ignorancia, lo garantizamos.

—Ven, Esperanzado —dijo Cristiano—. Veo que tú y
yo debemos caminar solos otra vez.

Entonces prosiguieron adelante, como antes e Ignorancia vino cojeando después. Cristiano dijo:

—Lo siento por este pobre hombre. Por cierto le
irá mal al final.

—¡Lamentablemente! Hay abundancia en nuestro
pueblo de personas en este estado. Familias comple-
tas, calles enteras, peregrinos también. Y hay tantos
en nuestros lugares. ¿Cuántos, piensas, debería haber
en el lugar donde él nació?

Momentos después, Cristiano preguntó:

—¿Qué es lo que piensas de tales hombres? ¿No
tienen convicción de pecado y como consecuencia no
tienen temor de su condición peligrosa?

—A veces causa espanto.

—Y aún no saben que la convicción de pecado y temor consecuente son para su bien. Tratan de reprimir

el temor. Pero "El temor del Señor es el principio de la sabiduría".

—¿De qué forma describes el temor correcto? —preguntó Esperanzado.

—El temor verdadero o correcto se revela en tres cosas. Primero, viene con la convicción salvadora del pecado. También, lleva el alma a aferrarse a Cristo para la salvación. Y finalmente, nace y continúa en el alma como una gran reverencia de Dios, su Palabra y sus caminos al guardar el alma tierna y hacer que tema el volverse de esas cosas a algo que podría deshonrar a Dios, quebrar la paz, contristar al Espíritu o provocar que el enemigo nos reproche algo.

—Bien dicho. Creo que dices la verdad —dijo Esperanzado—. ¿Ya casi hemos pasado la Tierra Encantada?

—¿Por qué? —preguntó cristiano—. ¿Estás cansado de nuestro discurso?

—No, para nada. Solo quiero saber dónde estamos.

—Tenemos que andar alrededor de tres kilómetros más. Pero regresemos a nuestro tema. Aquellos que ignoran las cosas de Dios no saben que estas convicciones que tienden a ponerlos en temor son para su bien, por eso buscan reprimirlas.

—¿De qué forma?

—Piensan que esos temores los trabaja el diablo y por eso los resisten como cosas que necesitan destronar. También piensan que estos temores tienden a arruinar la fe y endurecen los corazones contra ella.

Piensan que no deberían temer, por eso asumen una confianza falsa. Luego, también, ven que estos temores arrebatan su santidad y por eso los resisten con toda su fuerza.

—Experimenté algo de esto yo mismo. También procedía así antes de conocerme a mí mismo.

—Bueno, dejemos a nuestro vecino Ignorancia por sí solo por ahora. Hablemos de algo más. ¿Conoces a un hombre autoritario en religión llamado Provisional?

—¡Sí! —respondió Esperanzado. —Moraba en Sin Gracia, a tres kilómetros de Honestidad. Vivía bajo el mismo techo que Volverse.

—Bueno, Provisional fue una vez consciente de sus pecados. Incluso me dijo que había decidido continuar la peregrinación. Pero después de que se familiarizó con Salvarse a Sí Mismo, se convirtió en un extraño.

—Era un reincidente —concordó Esperanzado—. Hay cuatro razones, pienso. A pesar de que su conciencia desertó, su mente no cambió. Entonces cuando el poder de la culpa se apagó, las cosas que produjeron que fuera religioso se desvanecieron. Entonces, mientras el sentido y el temor del infierno y de la condenación se enfriaban, también se enfriaban sus deseos por el cielo y la salvación. Y estuvo de acuerdo con el mundo; no quería perder todo, en especial lo que los otros pensaban de él. No quería llevar problemas innecesarios a su camino. Una tercera razón fue la culpa que sintió por la religión.

Ser orgulloso y altanero no va con la religión, la cual pensó que es humilde y menospreciable. Y finalmente, odiaba los sentimientos de culpa y endureció el corazón. Escogió diversas formas de endurecer el corazón más y más. Y ahora me dices cómo un hombre es reincidente.

—Bloquea todo pensamiento acerca de Dios, muerte y juicio. Luego, de forma gradual, abandona las obligaciones privadas de oraciones, reprimiendo los deseos, comiendo con los ojos y la culpa. Eluden la compañía de cristianos. Abandonan las obligaciones públicas de oír, leer y dialogar. Después comienzan a reírse de las cosas santas, entonces se sienten mejor al dejar la religión.

Cristiano continuó describiendo finalmente que busca la compañía de hombres malvados y placeres carnales, primero de forma secreta y después de forma abierta.

De repente, los dos peregrinos se dieron cuenta de que la Tierra Encantada estaba detrás de ellos.

—¡La Tierra Beulah!

El aire era dulce y agradable y el camino iba directo atravesándola. Oyeron de forma continua el cantar de los pájaros y vieron todos los días flores nuevas que aparecían en la tierra. En este país el sol brillaba noche y día debido a que estaba más allá del Valle de la Sombra de Muerte. También estaba fuera del alcance del Gigante Desesperación. Aquí tenían a la vista la

Ciudad a la cual iban. También conocieron a algunos de los habitantes del país. Los Brillantes caminaban en esta tierra debido a que estaba a la orilla del cielo. En esta tierra, el contrato entre la novia y el novio se renovaba. No había necesidad de maíz y vino, porque en este lugar se encontraban con abundancia de lo que habían sembrado en todo el peregrinaje.

Mientras caminaban por esta tierra, tenían más alegría que en lugares alejados del Reino por los que habían pasado. Y al acercarse a la Ciudad, tuvieron una vista más perfecta de la misma. Estaba construida con perlas y piedras preciosas. Las calles estaban pavimentadas con oro, entonces, por causa de la gloria natural de la Ciudad y el reflejo de los rayos del sol sobre esta, Cristiano cayó enfermo con el deseo de morar allí. Esperanzado también tuvo una o dos veces la misma enfermedad.

Pero se fortalecieron después de un descanso, se encontraban mejor para soportar la enfermedad y fueron por el camino y llegaron aún más y más cerca. Huertos, viñedos y jardines abrían las puertas hacia el camino.

–¿De quién son estos viñedos y jardines importantes? –le preguntaron los peregrinos a un jardinero que estaba en el camino.

–Son del Rey, están plantados aquí para su deleite y para el consuelo de los peregrinos.

El jardinero hizo que entraran y los invitó a refrescarse. Comieron exquisiteces y anduvieron por los paseos y pérgolas. Y durmieron. Los peregrinos se relajaron y obtuvieron alivio allí durante varios días.

Finalmente, los peregrinos no desearon más comida, vino, ni descanso. Tenían que seguir a la Ciudad. Apenas podían mirar a la Ciudad, excepto a través de un instrumento hecho con ese propósito debido a que el oro puro era tan brillante que los deslumbraba.

Dos Brillantes vestidos con túnicas doradas los encontraron. Les preguntaron a los peregrinos de dónde venían. También preguntaron dónde se alojaron a lo largo del camino, qué dificultades y peligros enfrentaron, qué consuelos y placeres encontraron en el camino. Y los peregrinos respondieron todas las preguntas.

Finalmente, los Brillantes dijeron:

—Tienen dos o más obstáculos y estarán en la Ciudad.

Cristiano y Esperanzado les pidieron a los hombres que avanzaran con ellos.

—Lo haremos —acordaron—. Pero deben obtenerlo por su propia fe.

Entonces continuaron juntos hasta que llegaron a la vista de la Puerta.

Entre ellos y la Puerta Celestial había un río. No había puente, los peregrinos estaban asombrados, pero los hombres que estaban con ellos dijeron:

—Deben pasar a través del río, o no pueden llegar a la Puerta.

—¿No hay otro camino hacia la Puerta? —preguntaron los peregrinos.

—Sí —respondieron los Brillantes— pero solo a dos, Enoc y Elías, se les ha permitido pisar ese sendero desde la fundación del mundo. Y nadie más lo hará hasta que suene la última trompeta.

Los peregrinos estaban desanimados por esta dificultad que se encontraba delante de ellos y trataron de descubrir una forma en la pudieran escapar del río.

—¿El río tiene una sola profundidad?

—Lo encontrarán más profundo o menos profundo, de acuerdo a la forma en la que creen en el Rey de la Ciudad —fue la respuesta.

Luego, los peregrinos entraron en el agua. Cristiano comenzó a hundirse, alzó la voz hacia su buen amigo Esperanzado:

—¡El agua está sobre mi cabeza!

—Ten buen ánimo, hermano —dijo Esperanzado—. Siento el piso y está bueno.

—Los pesares de la muerte me tienen, mi amigo. No veré la tierra que fluye leche y miel. Oscuridad y horror detuvieron a Cristiano de forma que no pudo ver delante de él. En gran medida perdió el sentido sin que pudiera ni recordar lo que hablara de forma ordenada, ni pudiera recordar los refrescos dulces con los que se había encontrado a lo largo del camino en su peregrinaje. Temió morir en aquel río y nunca obtener la entrada a la Puerta. También estaba preocupado con el pensamiento de los pecados que había cometido, tanto antes como desde que comenzó el peregrinaje. Vio duendes y espíritus malignos.

Esperanzado tuvo mucho trabajo para mantener la cabeza de su hermano fuera del agua. A veces, Cristiano se hundía de forma completa debajo del agua y luego se elevaba sobre ella medio muerto.

–Hermano, veo la Puerta y hombres que están parados para recibirnos –lo animó Esperanzado.

–Es a ti a quien esperan. Siempre tuviste esperanza. Pero debido a mis pecados, Él me ha traído a esta trampa y me ha dejado.

–Casi has olvidado la Biblia –dijo Esperanzado–. Los malvados "no tienen luchas en su muerte... Son libres de las cargas que llevan los buenos hombres. Los problemas que tienes en estas aguas no son señal de que Dios te ha abandonado, sino que son enviadas para probarte. ¿Traerás a la memoria su bondad que recibiste antes de hoy? Conserva el ánimo. ¡Jesucristo te hará completo!

–¡Oh, lo veo ahora! Y me dice: "Cuando pases por las aguas, estaré contigo y cuando atravieses los ríos, ellos no te anegarán" –gritó Cristiano.

Luego, ambos cobraron valentía. Después de eso, los duendes y los espíritus malignos estaban tan silenciosos como piedras. Él tocó fondo. El río era poco profundo.

Cuando llegaron al banco lejano del río, los Brillantes los encontraron. Dijeron:

—Somos espíritus ministradores enviados para aquellos que serán herederos de la salvación.

Entonces, continuaron hacia la puerta. Se apresuraron hacia arriba, a pesar de que el basamento sobre el cual estaba situada la Ciudad era más alto que las nubes. Pero los peregrinos subieron a la colina con facilidad debido a que tenían a estos dos hombres que los guiaban hacia arriba sujetando sus brazos. Habían dejado las vestiduras mortales atrás, en el río. Entonces subían, hablaban dulcemente mientras avanzaban, siendo consolados debido a que cruzaron el río de forma segura y tenían compañías tan gloriosas para asistirlos.

Los Brillantes dijeron:

—Van ahora al paraíso de Dios. Verán el Árbol de la Vida y comerán de su fruto imperecedero. Les darán túnicas de luz y caminarán y hablarán todos los días con el Rey, por toda la eternidad. No verán pena, ni enfermedad, ni aflicción, ni muerte. Estas cosas antiguas han pasado. Van ahora a Abraham, Isaac y a Jacob y a los profetas.

—Pero, ¿qué debemos hacer en el Lugar Santo? —preguntó Cristiano.

—Recibirán alivio por todo el trabajo duro y alegría por todas las penas. Cosecharán lo que sembraron, incluso el fruto de sus oraciones y lágrimas y sufrimiento por su Rey a lo largo del camino. Deberán llevar coronas de oro y disfrutar la vista perpetua del Santo, porque allí lo verán como Él es. Allí lo servirán de forma continua con alabanza, con voces y con acción de gracias. Sus ojos de deleitarán con ver y los oídos con oír la voz del Poderoso. Disfrutarán otra vez a los amigos que se han ido antes que ustedes y recibirán con alegría incluso a cada uno que llegue al Lugar Santo después de ustedes. Él volverá con sonido de trompeta en las nubes, como sobre alas del viento, ustedes irán con Él. Y cuando se siente sobre el trono de juicio, ustedes se sentarán a su lado. Porque ya sea ángeles u hombres, tendrán una voz en aquel juicio debido a que ellos eran los enemigos de Él y de ustedes. Ustedes estarán por siempre con Él.

Ahora mientras se acercaban a la Puerta, una multitud de Huestes Celestiales salieron para rodearlos.

Los dos Brillantes dijeron:

–Estos son los hombres que han amado a nuestro Señor cuando estaban en el mundo y que han dejado todo por su Santo Nombre. Nos ha enviado a ir a buscarlos y los hemos traído de tan lejos en su viaje.

Las Huestes Celestiales dieron una gran voz y gritaron:

–¡Benditos son aquellos que son invitados a la cena de la boda del Cordero! Benditos son aquellos que cumplen sus mandamientos, porque ellos tendrán el derecho al Árbol de la Vida y podrán atravesar la Puerta de la Ciudad.

Muchos de los trompetistas del Rey, vestidos con ropas blancas y brillantes, hicieron eco de los cielos con los sonidos melodiosos y fuertes. Saludaron a Cristiano y a Esperanzado con diez mil bienvenidas a los que venían del mundo.

Después de esto, rodearon a los peregrinos y de forma continua hacían sonar las trompetas mientras caminaban juntos. Cristiano y su hermano estaban maravillados por la bienvenida que sintieron mientras más y más trompetistas se unían a la multitud alrededor de ellos. Los peregrinos eran consumidos con la vista de ángeles y con las notas melodiosas. Ahora tenían a la Ciudad misma ante su vista y oían todas las campanas que sonaban para darles la bienvenida. De esta manera llegaron a la Puerta.

Sobre la Puerta estaba escrito en letras de oro "Benditos son los que cumplen sus mandamientos, porque ellos tendrán el derecho al Árbol de la Vida y podrán entrar a través de las puertas a la Ciudad".

Después de que los Brillantes les dieron las instrucciones, Cristiano y Esperanzado gritaron en la Puerta:

—Llamamos a los guardianes: Enoc, Moisés y Elías.

Sobre la Puerta aparecieron tres santos.

—¿Qué quieren? —preguntaron.

—Estos peregrinos vienen de la Ciudad de la Destrucción —gritaron los Brillantes— por el amor que tienen por el Rey de este lugar.

–Traigan sus certificados –ordenó una voz desde arriba.

Los peregrinos entregaron a los asistentes los certificados que habían recibido en el comienzo de la peregrinación. Los asistentes llevaron los certificados al Rey, quien cuando los hubo leído dijo:

–¿Dónde están estos hombres?

–Están parados en la parte exterior de la Puerta.

Después, la misma voz retumbó a través de los cielos:

–¡Abran la Puerta para que los justos puedan entrar, aquellos que guardaron la fe!

Todas las campanas de la Ciudad repicaron otra vez debido a la alegría. Cristiano y Esperanzado entraron, para ser transfigurados, coronados con gloria, adornados con vestimentas que los hacían brillar como el sol. Revoloteando estaban los serafines, querubines y criaturas demasiado deslumbrantes como para ser reconocidas. Y toda la Hueste Celestial gritó:

–Santo, Santo, Santo es el Señor Dios Todopoderoso.

Y Cristiano y Esperanzado se unieron a ellos en inmortalidad para contemplar al Santo.

Después de que la Puerta se cerrara detrás de los peregrinos, Ignorancia llegó hacia arriba del río en el otro lado. Pero pronto pasó por encima y sin la mitad de las dificultades con las que los otros hombres se encontraron. Porque sucedió que había en ese lugar un balsero, Esperanza Vana, quien con su bote lo ayudó. Entonces Ignorancia ascendió la colina y llegó a la Puerta, solo. Nadie fue a su encuentro con el menor aliento. Cuando llegó a la puerta, miró hacia lo que estaba escrito arriba, y después comenzó a golpear, suponiendo que con rapidez le darían entrada.

Pero los hombres que miraban sobre la cima de la Puerta preguntaron:

−¿De dónde vienes? y, ¿qué quieres?

Respondió:

−He comido y bebido en la presencia del Rey y Él ha enseñado en nuestras calles.

Luego le preguntaron acerca del certificado que deberían ir y mostrarle al Rey.

Entonces tanteó el pecho en busca del certificado y no encontró nada.

Preguntaron:

−¿Tienes uno?

Pero el hombre jamás pronunció una palabra.

Entonces le dijeron al Rey, pero Él no salió a verlo sino que envió a los Brillantes, quienes condujeron a Cristiano y a Esperanzado a la Ciudad, para que salieran y tomaran a Ignorancia y lo ataran de pies y manos y lo llevaran lejos.

Luego lo tomaron y lo llevaron a través del aire a la puerta en el costado de la colina y lo colocaron allí. Era un camino al infierno, incluso desde las puertas del Cielo.

Mientras tanto, en la Ciudad de la Destrucción, la esposa de Cristiano estaba atormentada. Perder a su esposo le había costado muchas lágrimas. Recordaba sus gemidos, sus lágrimas, su carga. Después de que Cristiano atravesó el río y no pudo oír más de él, los pensamientos comenzaron a trabajar en su mente. Reflexionó acerca de sí misma y si su comportamiento impropio hacia su esposo fue una razón por la cual no lo vio más. Pensaba que debido a ella, él fue quitado. Luego vino a su mente como un enjambre, todo su comportamiento poco amable, poco sincero e impío hacia sus amigos. Esto le obstruyó la conciencia y la cargó con culpa. Recordó de qué forma había endurecido el corazón contra todas las súplicas de él y las persuasiones amorosas que usó tanto con ella como con sus hijos para que fueran con él. Todo lo que Cristiano dijo e hizo volvió a su memoria y le rasgó en dos el corazón. El grito amargo que él pronunciaba:

–¿Qué debo hacer para ser salvo? –sonaba en sus oídos.

Finalmente les dijo a los cuatro hijos:

–Hijos, he pecado en contra de su padre. No fui con él y les he robado a ustedes la vida eterna.

Entonces los niños se llenaron todos de lágrimas y gritaron para ir detrás de su padre.

–Oh –dijo la mujer– si nos hubiéramos ido con su

141

padre. Hubiera sido bueno para nosotros. Pero ahora es probable que sea un viaje muy difícil sin él. A pesar de que, de forma necia, pensé que los problemas de su padre procedían de una fantasía tonta que tenía, o que estaba abrumado con depresión, sin embargo ahora no puedo quitarlos de mi cabeza. Ahora creo que surgen de otra causa, se le dio la luz de la vida eterna. Y con la ayuda de esa luz, se ha escapado de las trampas de la muerte.

Luego todos lloraron otra vez.

Esa noche ella soñó. Un pergamino estaba desenrollado ante ella, en el cual estaban registrados todos sus caminos, y eran negros por cierto. Clamó:

—Señor, ten misericordia de mí, una pecadora.

Y sus hijos la oyeron.

Casi de inmediato, dos criaturas que lucían apestosas estaban al lado de la cama y decían:

—¿Qué haremos con esta mujer? Si continúa así, la perderemos con seguridad así como perdimos a su esposo. Debemos de una forma u otra buscar sacarla de los pensamientos acerca de lo que deberá haber después de esta vida, si no, ni todo el mundo podrá detenerla y se convertirá en peregrina.

A la mañana siguiente se levantó transpirada y comenzó a temblar. Pero después de un momento se volvió a dormir. Cuando soñó esta vez, vio a Cristiano, su esposo, en un lugar de felicidad extrema ante muchos inmortales. Él tenía un arpa en la mano y estaba de pie y tocaba delante de Aquel que estaba sentado en el trono con un arco iris alrededor de su cabeza. También vio que Cristiano hacía una reverencia con la cabeza, colocando el rostro en el pavimento a los pies del Príncipe y decía:

—De corazón le agradezco a mi Señor y Rey por traerme a este lugar. Luego un grupo de los que estaban alrededor y que tocaban el arpa gritaron. Pero ningún ser viviente podía decir lo que habían expresado.

Más tarde, se levantó, oró a Dios, y habló con sus hijos por un tiempo. Hubo un golpe fuerte en la puerta y ella dijo:

—Si vienes en el nombre de Dios, entra.

Un hombre respondió:

—Amén. Abrió la puerta y la saludó:

—Paz sea a tu casa. ¿Sabes por qué vengo?

Se sonrojó y tembló y su corazón ardió con el deseo de saber de dónde venía y qué era lo que quería hacer con ella.

—Mi nombre es Secreto. Vivo con aquellos en las alturas. Me dicen que ahora eres consciente del pecado que has cometido contra tu esposo cuando endureciste el corazón a lo que te decía y mantuviste a tus hijos en ignorancia. También, que tienes el deseo de ir al lugar donde vivo. El misericordioso me ha enviado para decirte que Él es un Dios que está pronto para perdonar y que se deleita mientras más perdona. Te invita a que vayas a su presencia, a su mesa y te alimentará con la abundancia de su casa y con la herencia de tu padre.

Cristiano, tu esposo, está allí con legiones de sus compañeros. Siempre contemplan el rostro que ministra vida a quienes lo contemplan. Y todos estarán alegres cuando escuchen el sonido de tus pies pasar por encima del umbral del Padre.

La mujer estaba desconcertada y avergonzada. Inclinó la cabeza al suelo.

El visitante continuó hablando:

—Aquí hay una carta para ti de parte del Rey.

La tomó y abrió una carta perfumada. Letras de oro decían:

—Quiero que vengas al igual que lo hizo tu esposo hacia la Ciudad Celestial y que mores en mi presencia con gozo para siempre.

—Oh, señor —clamó casi derrotada— ¿No me llevarás a mí y a los niños contigo, para que podamos adorar al Rey?

—Lo amargo viene antes que lo dulce —le respondió—. Antes de entrar a la Ciudad Celestial debes atravesar problemas como lo hizo el que fue antes que tú. Te aconsejo que hagas como lo hizo Cristiano. Ve por la portezuela que está más allá de la planicie, porque esa es la entrada al camino por el que deberías ir. Mantén la carta contigo. Léela con frecuencia para ti y para tus hijos hasta que la hayan aprendido de memoria. Es una de las canciones que deben cantar mientras están en esta casa de peregrinaje. La debes entregar en la Puerta Celestial.

Entonces ella llamó a los hijos:

—Hijos míos, he tenido mucha pena en mi alma con respecto a la muerte de su padre; no porque dude para nada de toda su felicidad, porque estoy satisfecha al saber ahora que él está bien. También he estado muy afectada con los pensamientos de mi propia condición y la de ustedes, la cual es miserable por naturaleza. Mi comportamiento hacia su padre en su aflicción es una gran carga que tengo en la conciencia, porque endurecí tanto mi propio corazón como el de ustedes hacia él y me negué a ir con él en la peregrinación. El pensamiento de estas cosas me mataría ahora de manera absoluta si no fuera por un sueño que tuve anoche y por el ánimo que Secreto me ha dado esta mañana. Vengan, mis hijos, empaquemos y vayamos a la puerta que lleva a la Ciudad Celestial, para que podamos ver a su padre y estar con él y con sus compañeros en paz, de acuerdo con las leyes de esa tierra.

Los niños rompieron en llanto de alegría. Secreto se fue y comenzaron a prepararse para el viaje.

Pronto hubo otro golpe a la puerta.

—Si vienes en el nombre de Dios, entra —respondió la esposa de Cristiano, quien ahora se llamaba a sí misma Cristiana.

Dos vecinos asombrados entraron: el señor Temeroso y la doncella Misericordia. No estaban habituados a oír este tipo de lenguaje por parte de Cristiana.

–¿Por qué están empacando? –preguntó el señor Temeroso.

–Me preparo para un viaje –respondió Cristiana.

–¿Qué viaje?

–Para seguir a mi buen esposo. –Cristiana rompió en llanto.

–Oh, espero que esto no sea verdad, buena vecina. Por el bien de tus hijos, no te vayas.

–Ellos van conmigo. Ninguno de ellos desea quedarse atrás. –Cristiana continuó contando todo, incluso leyó la carta del mensajero.

–Oh, la locura que tú y tu esposo tienen para correr por tales dificultades, –respondió Temeroso–. Has oído, estoy seguro, que tu esposo las encontró, incluso desde que dio el primer paso en el camino. También oímos de qué forma se encontró con los leones, con Apolión, la Sombra de Muerte y muchas otras cosas. Tampoco puedes olvidar el peligro que atravesó en la Feria de Vanidad. Para un hombre, era algo muy duro, ¿cómo puedes tú hacerlo, siendo una pobre mujer? ¿Has considerado incluso que no solo estás siendo impulsiva en marchar tú sino que también planeas hacerlo con tus hijos? Si no fuera por algo más, quédate en casa por el bien de tus dulces hijos.

–No me tientes, vecino –dijo Cristiana–. Tengo ahora un premio en la mano para obtener una ganancia y sería la necia más grande si no tuviera corazón para participar en la oportunidad. Y con respecto a todos estos problemas de los cuales hablas que es probable que encuentre en el camino, lejos de ser un desánimo para mí me muestran que estoy en lo correcto. Lo amargo viene antes de lo dulce y hace que lo dulce sea incluso más dulce. Por favor vete. No viniste aquí en el nombre de Dios. No necesito que me molestes más.

—¡Ven, Misericordia! —golpeó el señor Temeroso— esta necia desprecia nuestro consejo.

Pero Misericordia dijo:

—Ya que esta es la despedida de Cristiana caminaré un poco con ella.

El señor Temeroso dijo:

—Sospecho que piensas ir con ella. Bueno, presta atención: Estamos fuera de peligro aquí en la Ciudad de la Destrucción. No puedo esperar a hablar con la señora Ojos de Murciélago, la señora Desconsiderada, la señora Mente Liviana y la señora No Sabe Nada. Ellas saben que estoy en lo correcto.

Cristiana y los niños estaban pronto en el camino y Misericordia fue con ella.

Cristiana dijo:

—Misericordia, tomo este como un favor inesperado, debieras poner el pie fuera de las puertas conmigo, para acompañarme un poco en el camino.

Luego, la joven Misericordia dijo:

—Si pensara que sería un buen propósito ir contigo, jamás llegaría cerca de esta ciudad.

Cristiana dijo:

–Toma tu porción con nosotros, Misericordia. Sé bien cuál sería el final de nuestro peregrinaje. Porque estoy segura de que ni todo el oro de España podría hacer que mi esposo se lamentara de estar en ese lugar. No serás rechazada, incluso si vas conmigo como mi sierva. Tendremos todas las cosas en común entre nosotras si solo estás de acuerdo conmigo.

–Pero, ¿cómo sé eso? Si alguien me diese esperanza, no me apegaría a todo, sino que iría, a pesar de que el camino fuera tan tedioso.

–Bueno, querida Misericordia, te diré qué es lo que harás. Ven conmigo a la portezuela. Allí averiguaré más acerca de ti. Veremos si está permitido que entres. Si no se te da ánimo para continuar, entonces estaré satisfecha en dejarte regresar a tu casa. También te pagaré por la bondad que me has mostrado a mí y a mis hijos al acompañarnos en el camino de la forma en que lo haces.

–Luego iré tan lejos contigo y tomaré lo que sigue. Señor, concédeme que mi parte sea contigo –oró Misericordia.

Cristiana estaba contenta es su corazón no solo porque tenía compañía, sino porque había prevalecido con esa pobre sirvienta al enamorarse de su propia salvación.

Mientras seguían viaje, Misericordia comenzó a llorar.

–Mis pobres parientes permanecen en la ciudad pecaminosa y no hay nadie que los anime a venir.

–Tu partida los animará, tal como Cristiano me animó a mí. El Señor junta nuestras lágrimas y las pone dentro de su copa. Estas lágrimas tuyas, Misericordia, no se perderán. Porque la Verdad ha dicho que aquel que siembra con lágrimas, cosechará con alegría y canto, llevando una semilla preciosa. Y ellos sin duda vendrán otra vez con regocijo, trayendo sus gavillas con él.

Luego Misericordia dijo:

Deja que el Más Bendito sea mi guía,
si es su voluntad bendita,
en su puerta, en su pliegue
hasta su Santo monte.
Y deja que junte a esos míos
a quienes he dejado atrás.

Cuándo llegaron a la Ciénaga del Desaliento, Cristiana se detuvo.

–Este es el lugar en el cual mi querido esposo casi se ahoga con lodo. También vio que a pesar de la orden del Rey de hacer de este lugar un lugar bueno para los peregrinos, estaba peor que antes.

Pero Misericordia dijo:

–Vamos, aventurémonos, solo seamos cuidadosas.

Entonces no se hundieron directamente sino que hallaron los pasos.

Tan pronto como habían cruzado la ciénaga, oyeron a alguien que hablaba. Él decía:

–Bendita es la que cree, porque allí habrá un cumplimiento de las cosas que se le han dicho por parte del Señor.

Mientras continuaban otra vez, Misericordia le dijo a Cristiana:

–Si tuviera una buena razón para esperar una recepción amable en la portezuela como tú, pienso que ninguna Ciénaga del Desaliento me desanimaría.

–Tú conoces mi aflicción y yo conozco la tuya, y, mi buena amiga, tendremos suficiente mal antes de llegar al final de nuestro viaje. Porque es de imaginarse que las personas que desean obtener glorias excelentes tales como las que ansiamos nosotras y que envidian tanto la felicidad que tenemos pueden esperar encontrarse con temores y sobresaltos, problemas y aflicciones, aquellos que nos odian posiblemente nos pueden agredir.

Pronto, Cristiana, Misericordia y los niños se acercaron a la portezuela. Tuvieron una discusión con respecto a la forma de acercarse a la puerta y lo que deberían decirle al guardián. Después Cristiana, ya que era la mayor, golpeó a la puerta. Golpeó, golpeó, pero nadie respondió.

Oyeron a un perro que les ladraba. Sonaba como un perro muy grande e hizo que las mujeres y los niños tuvieran temor de volver a golpear por miedo a que el mastín los atacara con fuerza. Ahora no estaban seguros acerca de lo que debían hacer. No querían golpear por temor al perro. Ni tampoco querían volverse, en caso de que el guardián finalmente abriera la puerta y se ofendiera porque golpearon y se fueron.

Justo cuando pensaban volver a golpear, el guardián dijo:

—¿Quién está allí?

El perro dejó de ladrar, y el guardián abrió la puerta estrecha.

Cristiana hizo una gran reverencia ante el guardián y dijo:

—Que no se ofenda nuestro señor con sus sirvientas porque han golpeado a su puerta majestuosa.

—¿De dónde vienen? ¿Qué quieren? —preguntó.

Cristiana respondió:

—Venimos del mismo lugar del que venía Cristiano y estamos en la misma misión que él. Queremos que nos admitan el ingreso a esta puerta hacia el camino que lleva a la Ciudad Celestial. Yo soy Cristiana, la esposa de Cristiano, quien ahora se ha ido arriba.

—¿Qué? —se maravilló el guardián—. ¿Eres ahora una peregrina, quien una vez despreció esa vida?

Ella inclinó la cabeza y dijo:

—Sí, y estos son mis dulces hijos también.

Les hizo un gesto con la mano a ella y a los niños, también, y dijo:

—Deja que los niños vengan a mí.

Una trompeta sonó con alegría y el guardián cerró la puerta.

Todo este tiempo, Misericordia estuvo fuera de la puerta, temblando y llorando por temor a ser rechazada. Pero cuando Cristiana obtuvo la admisión para ella misma y para los niños, entonces intercedió por Misericordia:

—Mi señor, tengo una compañera quien está aún fuera de la puerta. Ha venido por la misma razón que yo. Está desanimada porque piensa que si el Rey no la envía a buscar, no puede entrar.

Justo después, Misericordia llegó al límite de su paciencia, porque cada minuto que pasaba lo sentía como una hora que esperaba mientras Cristiana intercedía por ella. Entonces, ella misma golpeó a la puerta. Y golpeó tan fuerte que Cristiana dijo:

—Es mi amiga.

Entonces el guardián volvió a abrir la puerta y miró hacia afuera. Pero Misericordia se había desvanecido con temor de que la puerta no se abriera para ella.

Luego, el guardián le tomó la mano y dijo:

—Niña, te ruego que te levantes.

—Oh, señor —dijo ella— estoy desfalleciente. No queda casi nada de vida en mí.

Pero el guardián dijo:

–No temas. Quédate parada y dime por qué has venido.

Misericordia dijo en forma impulsiva:

–He venido a pesar de que jamás he sido invitada como mi amiga Cristiana. La invitación de ella viene de parte del Rey y la mía de parte de ella. Pero temo ser arrogante.

–¿Ella deseaba que vinieras con ella a este lugar?

–Sí, y como ves he venido. Si hay algo de gracia y de perdón de pecados para salvarse, por favor, permíteme entrar también.

Luego la tomó de la mano y de forma suave la guió.

–Tomo a todos los que creen en mí, sea cual fuere el medio por el cual vienen a mí.

Después llamó a los siervos para que trajera un paquete de mirra para que Misericordia oliera y dejara de desvanecerse.

Dentro, los seis peregrinos dijeron que estaban arrepentidos por sus pecados y rogaron por perdón. Les otorgó perdón y les dijo que a lo largo del camino verían qué hecho los salvó. Continuó hablando palabras de consuelo y felicidad para ellos que recibieron con mucho ánimo.

Entonces los dejó por un tiempo en un salón cálido, donde hablaron entre ellos.

Cristiana habló primero.

–¡Qué feliz estoy de que estemos todos aquí!

—Debes estar bien, pero yo, de todos nosotros, tengo razón para saltar de alegría —dijo Misericordia.

—Pensé mientras estaba afuera de la puerta que todo nuestro trabajo fue en vano, en especial cuando aquel perro ladró contra nosotros.

—Mi peor temor fue después, creía que el guardián te tomaría a ti y a los niños en su favor y a mí me dejarían atrás. Pensé que se cumplía la Escritura cuando dice: "Dos mujeres estarán moliendo juntas, una será tomada y la otra dejada". Fue todo lo que pude hacer para no gritar: "¡Estoy perdida, estoy perdida!" Tenía tanto temor de no golpear más, pero cuando miré hacia arriba a lo que estaba escrito sobre la puerta, tomé ánimo. Era o golpear otra vez o morir. Entones golpeé. Pero no estoy segura cómo, debido a que mi espíritu luego luchó entre la vida y la muerte. ¡Yo estaba en tal estado! La puerta se cerró sobre mí y allí estaba el perro más terrible de cualquier lugar. ¿Quién no hubiera golpeado como yo lo hice con toda su fuerza? Díganme, ¿qué dijo mi señor con respecto a mi rudeza? ¿No se enojó conmigo?

—Creo que lo que hiciste le agradó bastante, porque no mostró signos de lo contrario. Pero estoy sorprendida de que tenga un perro tal. Si hubiera sabido eso, temo que quizás no hubiera tenido el corazón para aventurarme a salir. Pero ahora estamos adentro y me alegro con todo el corazón.

–Le preguntaré al guardián por qué tiene ese perro la próxima vez que lo vea. Espero que no lo tome a mal.

–Bueno, pregúntale –dijeron los niños–. Tememos que nos muerda cuando nos vayamos de este lugar.

Al final, el guardián vino a ellos otra vez. Misericordia cayó en el suelo con el rostro delante de él y lo adoró y dijo:

–Permite que mi señor acepte el sacrificio de alabanza que le ofrezco ahora con mis labios.

Le dijo a ella:

–Está en paz y levántate.

–¿Por qué tiene un perro tan cruel? –preguntó Misericordia, aún temblando.

–Él es de Belcebú, para atemorizar a los peregrinos en el camino. Ha atemorizado a muchos peregrinos honestos. Pero no hay nada que pueda hacer. Espera impedir que los peregrinos golpeen a la puerta para entrar. A veces el perro se ha escapado y ha asustado a aquellos que amo. Pero lo tomo todo pacientemente. También les doy a mis peregrinos ayuda oportuna para no dejarlos librados al poder de ese perro para que haga cualquier cosa que su naturaleza de perro le impulse a hacer.

Luego Misericordia dijo:

–Confieso mi ignorancia. Hablé acerca de lo que no entendía. Tú haces todas las cosas bien. Debí haberlo sabido mejor.

Después Cristiana comenzó a hablar del viaje y

a averiguar sobre el camino. Entonces el guardián los alimentó, lavó sus pies y los situó en el camino de sus pasos, como hizo con Cristiano.

Entonces los peregrinos siguieron en el camino, entre las paredes de la salvación. De repente, Cristiana vio a las dos criaturas que lucían apestosas que había visto en el sueño. Vinieron hacia ella como si la fueran a abrazar.

—Retrocedan o pasen de forma pacífica —les advirtió.

Pero no oyeron y trataron de poner manos sobre las mujeres. Pero Cristiana, muy enojada ahora, los pateó. Misericordia también siguió el ejemplo de Cristiana.

Otra vez, Cristiana les habló:

—Retrocedan y váyanse. No tenemos dinero que perder ya que somos peregrinas.

—No queremos su dinero. Si nos garantizan una pequeña petición que les hacemos, haremos de ustedes nuestras mujeres para siempre —respondieron y trataron de abrazar a Cristiana y a Misericordia. Ellas intentaron otra vez caminar alrededor de los hombres. Pero bloquearon el camino contra Cristiana y Misericordia.

—Nos tendrían a nosotros en cuerpo y alma. Sé que es esto por lo que han venido. Pero preferiríamos morir en este lugar que sufrir el ser llevadas a trampas tales que dañarán nuestro bienestar para siempre. Después, tanto Cristiana como Misericordia gritaron:

–¡Asesino! ¡Asesino!

Pero los hombres no dejaban solas a las mujeres. Por eso gritaron otra vez.

Varios en la casa del guardián escucharon los gritos y fueron a investigar. Encontraron a las mujeres en una gran pelea con los hombres mientras los niños miraban llorando.

–¿Harías pecar a la gente de mi señor? –reclamó uno de los hombres que aparecía en el camino.

El hombre trataba de atraparlos, pero los dos demonios saltaron la pared y escaparon hacia el reino de Belcebú. Vieron que se unían al mastín cruel.

–Me asombré cuando entraste a la puerta que no pidieras a nuestro señor un protector –dijo el hombre–. Te hubiera otorgado uno.

–Nos sentimos tan bendecidos por lo que sucedía que olvidamos todo peligro futuro –dijo Cristiana–. ¿Deberíamos regresar y pedir uno?

–No. Sigan adelante. Le diré acerca de su confesión. Pero recuerden: "Pidan y se les dará". –Y el hombre regresó a la puerta.

Misericordia dijo:

–Pensé que habíamos pasado todo el peligro y que nunca debíamos apesadumbrarnos otra vez. ¿Qué sucedió?

–Yo soy culpable –dijo Cristiana–. Se me advirtió en un sueño que estos dos demonios tratarían de impedir mi salvación.

—Bueno, hemos tenido la posibilidad de ver nuestras imperfecciones. Y el Señor tuvo la ocasión para revelar las riquezas de su gracia. Nos ha liberado de las manos de aquellos que eran más fuertes que nosotros.

Mientras conversaban, llegaron cerca de una casa por el camino. Cuando se acercaban, escucharon una conversación dentro de la casa y oyeron el nombre de Cristiana.

Palabras acerca del peregrinaje de Cristiana con sus hijos se escuchaban delante de ellos. Eran noticias agradables, en especial para aquellos que sabían que era la esposa de Cristiano.

Entonces se pararon a la puerta y escucharon la conversación de adentro. Finalmente, Cristiana golpeó a la puerta.

Una sirvienta abrió la puerta.

—¿Con quién desean hablar?

—Entendemos que este es un lugar privilegiado para los peregrinos. Yo soy Cristiana, la esposa de Cristiano, quien hace un tiempo viajó por este camino. Estos son sus cuatro hijos. La sierva es mi compañera y también va en peregrinación. Oramos para que haya lugar para nosotros, porque el día casi ha finalizado y no deseamos continuar más lejos durante la noche.

La sirvienta corrió hacia adentro, gritando:

—¡Cristiana y sus hijos están a la puerta!

Los peregrinos oyeron la alegría dentro de la casa. Pronto el amo, el Intérprete, fue a la puerta.

–Entra hija de Abraham. Vengan niños. Ven sierva Misericordia.

Entonces cuando estaban adentro, les rogaron que se sentaran y descansaran. Aquellos que habían recibido a Cristiano fueron a la sala para ver a su familia. Todos sonreían de gozo porque Cristiana se había convertido en una peregrina.

Después de un tiempo, debido a que la cena no estaba lista, el Intérprete los llevó a las habitaciones. Pronto vieron todas las cosas que Cristiano había visto: la figura de Cristo, el diablo que trataba de exterminar la gracia, el hombre en la jaula y todo lo demás.

Luego el Intérprete los llevó a otra sala. Había un hombre que no podía mirar a otro lugar que no fuera hacia abajo. Sostenía un rastrillo en la mano. Uno estaba parado sobre la cabeza del hombre con una corona celestial en la mano. Se ofreció a darle la corona por su rastrillo, pero el hombre ni miró hacia arriba ni reconoció al otro hombre, en cambio, rastrilló la paja, los pequeños palos y el polvo que estaba en el piso hacia él.

–¿Es esta la figura del hombre del mundo? –preguntó Cristiana.

–Sí –dijo el Intérprete–. El rastrillo es su mente carnal. Está tan absorto en rastrillar paja, polvo y palos que no ve a Dios. El cielo no es sino una fábula para algunos y las cosas de esta tierra son las únicas que son importantes. El hombre solo puede mirar hacia abajo. Es para mostrar que cuando las cosas de la tierra controlan la mente de un hombre, su corazón es llevado lejos de Dios.

Después fueron a una sala suntuosa.

—¿Qué ves allí? ¿Algo provechoso? —preguntó el Intérprete.

Cristiana fue rápida para ver una araña grande en la pared. Pero Misericordia no vio nada. El Intérprete le dijo a Misericordia que mirara otra vez.

—No hay nada aquí excepto una araña grande y horrible que cuelga de la pared.

—¿Hay solo una araña en toda esta sala espaciosa?

Entonces hubo lágrimas en los ojos de Cristiana.

—Esto muestra cómo las criaturas más horribles llenas del veneno del pecado pertenecen a la casa del Rey. Dios no ha hecho nada en vano.

—Has dicho la verdad —le dijo Intérprete.

Esto hizo que Misericordia se ruborizara y los niños cubrieran sus rostros, porque todos comenzaron a entender el acertijo.

Los llevó después a otra sala donde había una gallina y sus polluelos. Uno de los polluelos fue a la batea a beber y cada vez que bebía, levantaba la cabeza y los ojos hacia el cielo.

—Miren lo que este pequeño polluelo hace —dijo el Intérprete—. Aprendan de él que se da cuenta de dónde vienen las misericordias, al recibirlas mirando hacia arriba.

Mientras observaban más, vieron que la gallina

caminaba cuatro veces llamando a sus polluelos. Tenía un llamado común, un llamado especial que solo usaba a veces, una nota de progenitura, una exclamación.

–Ahora comparen esta gallina con su Rey y los polluelos con los que le obedecen a Él. El Rey camina hacia su gente con su llamado común en el cual no da nada, su llamado especial con el cual siempre tiene algo para dar, su voz de progenitura para aquellos que están bajo su ala y una exclamación para dar alarma cuando ve al enemigo venir.

El Intérprete continuó para mostrarles más acertijos y después hizo un comentario sabio tras otro.

–Mientras más gordo es el chancho, más desea el lodo, mientras más gordo es el buey, más retozón va al matadero y mientras más saludable es el hombre lujurioso, más propenso es al mal. Hay un deseo en las mujeres de estar limpias y finas y es una cosa atractiva estar adornadas con eso que a la vista de Dios es de gran precio.

Cuando hubo terminado con los comentarios sabios, el Intérprete los llevó fuera del jardín y les mostró un árbol cuyo interior estada todo podrido y vacío. Sin embargo creció y tuvo hojas.

Misericordia preguntó:

–¿Qué es lo que esto significa?

– Muchas personas podrían ser comparadas con este árbol cuyo exterior es hermoso y cuyo interior está podrido en el jardín de Dios. Con sus bocas hablan en voz alta en nombre de Dios, pero de hecho no harán nada para Él. Sus hojas son hermosas, pero su corazón es bueno para nada excepto para ser yescas en el yesquero del diablo.

Ahora la cena estaba lista, la mesa servida y todas las cosas colocadas en la mesa. Entonces se sentaron y comieron después de que alguien diera gracias. Era la costumbre del Intérprete entretener a aquellos que se alojaban con él con música en las comidas. Entonces los trovadores tocaron. Un cantante tenía una voz preciosa. La canción era como esta:

El Señor es solo mi apoyo,
y el que me alimentó;
¿Cómo puedo entonces querer algo,
cómo puedo tener necesidad?

Después de la música, el Intérprete les pidió a Cristiana y a Misericordia que le contaran las razones por las cuales comenzaron la peregrinación. A pesar de que cada una tenía una historia diferente para contar, las elogió por el buen comienzo y por haber mostrado valentía a lo largo del camino. Más tarde, Misericordia no pudo dormir debido a la alegría que le inspiraron las palabras del Intérprete. Al final, las dudas se habían ido, entonces bendijo y alabó a Dios quien había tenido tal favor para con ella.

En la mañana se levantaron con el sol y se bañaron. Salieron no solo dulces y limpios, sino también vivificados y fortalecidos. Se vistieron de lino fino, blanco y limpio. El Intérprete llamó para que trajeran el sello y marcar sus rostros, entonces lucían como ángeles. Y cada una acusaba a la otra de ser más justa debido a que no podían ver su propia gloria.

Luego, el Intérprete llamó a un siervo suyo. Un hombre enorme apareció.

El Intérprete dijo:

–Toma la espada, el casco y el escudo, Gran Corazón, y escolta a estos peregrinos hasta el Palacio Hermoso. Y a los peregrinos les dijo:

–¡Que Dios los acompañe!

Los peregrinos partieron y cantaban:

Este lugar ha sido una etapa placentera,
aquí hemos visto y oído
todas esas buenas cosas que se han escondido
generación tras generación del lado del mal.

Gran Corazón fue delante de ellos. Pronto llegaron a la Cruz, donde la carga de Cristiano se había caído en el sepulcro. Aquí hicieron una pausa y bendijeron a Dios.

Cristiana dijo:

163

–Ahora recuerdo que el guardián nos dijo que llegaríamos a la palabra y al hecho en el cual somos perdonados. Por la palabra que es por la promesa y por el hecho que fue la forma mediante la cual obtuvimos perdón. Conozco algo de la promesa, pero con respecto al hecho y la forma en la que debería obtenerse, lo desconozco. Señor Gran Corazón, si lo sabes, por favor, permítenos oír respecto a eso.

–Somos redimidos del pecado a un precio –dijo Gran Corazón– y ese precio era la sangre de tu Señor, quien vino y estuvo en tu lugar. Ha hecho justicia para cubrirte y ha derramado sangre para salvarte.

–Pero si entrega su justicia por nosotros, ¿qué tendrá para sí mismo?

–Ahora veo que había algo para aprender al ser perdonados por palabra y por hecho. Buena Misericordia, trabajemos para tenerlo en cuenta. Y, mis hijos, recuérdenlo también. Pero, señor, ¿no fue esto lo que hizo que la carga de mi buen Cristiano cayera de su espalda y le hiciera dar tres brincos de alegría?

–Sí, fue la creencia de esto lo que cortó esas cuerdas que no se pueden cortar de otro modo.

–Mi corazón está diez veces más liviano y más alegre ahora –dijo Cristiana– sin embargo me duele el corazón al pensar que Él derramó su sangre por mí.

–No solo hay consuelo y alivio de la carga que llevábamos por medio de la vista y la consideración de estas cosas, sino un afecto cautivador que nace en nosotros al saberlo. Porque, ¿quién puede no ser afectado con la forma y los medios de redención y por ende con el Hombre que hizo eso por él?

–Me hace sangrar el corazón el hecho de pensar que él debió sangrar por mí –dijo Cristiana– mereces tenerme: Me has comprado. Mereces tenerme toda, porque has pagado por mí diez mil veces más de lo que valgo.

–Hablas ahora en la calidez de tu afecto –dijo Gran Corazón–. Espero que siempre puedas hacerlo.

Continuaron hasta que llegaron al lugar donde Simple, Pereza y Arrogancia estuvieron y se durmieron cuando Cristiano pasó. Ahora se encontraron con los tres hombres que colgaban de hierros en el camino.

–¿Quiénes son estos hombres? –preguntó Misericordia–. ¿Qué es lo que hicieron?

Gran Corazón respondió:

–Son Simple, Pereza y Arrogancia. No tenían intención de ser peregrinos sino solo de impedir que los peregrinos pasaran. Hicieron que muchos se volvieran del camino: Marcha Lenta, Ahogo, Descorazonado, Demora después de la Lujuria, Lirón y Apagado.

Cristiana dijo:

–Entonces obtuvieron justo lo que merecían.

Después de eso, llegaron al pie de la Colina de la Dificultad. El manantial donde Cristiano se había refrescado a sí mismo, el cual una vez fue tan puro, ahora era lodoso. Gran Corazón explicó:

—Los malvados no quieren que los peregrinos apaguen su sed. Pon el agua en una vasija y deja que la suciedad se sedimente. Será pura otra vez.

Los dos caminos apartados, Destrucción y Peligro, tenían cadenas.

—El camino del perezoso está plagado... pero la senda del justo es como una calzada —citó Cristiana al sabio Salomón.

—No obstante, algunos peregrinos aún toman los caminos alternativos —dijo Gran Corazón— porque la colina es muy difícil.

Entonces siguieron adelante y comenzaron a subir la colina. Antes de que alcanzaran la cima, Cristiana comenzó a jadear y decir:

—Supongo, que esta es una colina sin respiro. No es de maravillarse que aquellos que aman más la comodidad que sus almas escojan por sí mismos un camino más llano.

Luego Misericordia dijo:

—Debo sentarme.

Después el niño más pequeño comenzó a llorar.

—Ven, ven —dijo Gran Corazón— no te sientes aquí. Un poquitito más allá está la enramada del Príncipe. Luego tomó al niño por la mano y lo guió hasta la enramada.

Cuando llegaron a la enramada, todos deseaban sentarse y descansar debido al calor sofocante.

Misericordia dijo:

–¡Qué bueno es que el Príncipe de los peregrinos provea lugares de descanso para ellos! He oído mucho acerca de esta enramada. Tengamos cuidado de no dormirnos, porque por lo que he oído le costó muy caro al pobre Cristiano.

Mientras descansaban, Cristiana dispuso comida para refrescar los cuerpos. Después de un momento, Gran Corazón dijo:

–El día se está pasando. Si les parece bien, preparémonos para ponernos en marcha. Entonces se levantaron para salir.

Pero Cristiana se olvidó de llevar la botella de licor, entonces envió a uno de los niños para que la fuera a buscar.

Después Misericordia dijo:

–Pienso que este es un lugar de pérdida. Aquí Cristiano perdió el rollo y aquí Cristiana dejó detrás de ella la botella. Señor, ¿cuál es la causa de esto?

–La causa es el sueño o el olvido. Algunos duermen cuando deberían mantenerse despiertos y algunos olvidan cuando deberían recordar. Y esta es la razón por la cual, con frecuencia en lugares de descanso, algunos peregrinos salen perdedores. Los peregrinos deberían observar y recordar lo que ya han recibido bajo los disfrutes más grandes. Pero debido a que no lo hacen, muchas veces su regocijo termina en lágrimas y el brillo del sol en una nube.

Después de que llegaron a la cima de la colina,

Gran Corazón los reunió a su lado para caminar entre los leones. Los niños, en vez de ir delante en el camino como lo habían hecho, se alinearon detrás de Gran Corazón. Sacó la espada con la intención de hacer lugar para los peregrinos pese a los leones.

De repente, un gigante apareció detrás de los leones. Llamó a Gran Corazón:

—Guía, ¿cuál es la razón por la que vienen aquí?

—Estos son peregrinos y este es el camino por el que deben ir.

—Soy Sombrío. Algunos me llaman Hombre Sangrante. Ya no está más el camino.

—Ahora veo que en el sendero el pasto ha crecido demasiado —dijo Gran Corazón enojado—. Debes estar deteniendo peregrinos.

Se abalanzó sobre Sombrío con la espada.

—Esta es la carretera del Rey y estas mujeres y niños lo seguirán.

La espada vino sobre el casco del gigante y lo derribó. El gigante se retorcía en el suelo, muriendo.

Cuando el gigante estaba muerto, Gran Corazón les dijo a los peregrinos:

—Vengan ahora y síganme. Los leones no les harán ningún daño.

Ellos, por lo tanto, continuaron, pero las mujeres temblaban mientras pasaban al lado de los leones. Los niños también miraron como si fueran a morir, pero todos permanecieron sin heridas.

Se estaba poniendo oscuro, entonces se apresuraron a la puerta del guardián. Pronto, Gran Corazón golpeó a la puerta de un palacio. Solo tuvo que decir:

—Guardián, soy yo —y la puerta se abrió. Pero el portero no vio a las mujeres y a los niños que estaban detrás de Gran Corazón.

El guardián preguntó:

—¿Qué te trae aquí tan tarde esta noche, Gran Corazón?

—He traído a algunos peregrinos aquí, donde mi señor ordenó que ellos deberían alojarse. Hubiera estado aquí más temprano si no se me hubiera opuesto el gigante que usó a los leones para que retrocediéramos. Pero después de mucho tiempo y un combate tedioso con él, lo he eliminado y he traído a los peregrinos aquí para que estén seguros.

—¿No entrarás y te quedarás hasta la mañana?

—No, voy a regresar con mi señor esta noche.

Cuando los peregrinos se dieron cuenta de que Gran Corazón regresaba a la casa del Intérprete. Le rogaron que se quedara.

—No deseamos que nos dejes en nuestra peregrinación. Has sido tan fiel y tan amoroso. Has luchado de forma tan recia por nosotros. Has sido tan cordial en aconsejarnos que jamás olvidaré tu favor —dijo Cristiana.

Misericordia dijo:

—¡Oh, si tuviéramos tu compañía hasta el final del

viaje! ¿Cómo podemos mujeres tan pobres como nosotras resistir en un camino tan lleno de problemas como este sin amigo o defensor?

—Estoy bajo las órdenes de mi señor –respondió– deberían haberle pedido que me permitiera ir todo el camino con ustedes. Él hubiera otorgado su pedido. Por ahora, debo regresar. Adiós.

Luego el portero, el señor Observador, le preguntó a Cristiana acerca de su país y de su familia. Le contó que venía de la Ciudad de la Destrucción.

—Soy una viuda. Mi esposo está muerto. Su nombre era Cristiano.

El portero entonces hizo sonar la campana. Una sierva respondió a la puerta del palacio. Tras saber que Cristiana era la esposa de Cristiano, corrió de regreso hacia adentro desde donde llegaba el sonido de la alegría. Los peregrinos recibieron una gran bienvenida. Conocieron a Prudencia, Piedad y Caridad. Las agasajaron con cordero y terminaron la cena con una oración y un salmo. Cristiana pidió pasar la noche en la misma habitación en que su esposo había dormido.

—Poco pensaba una vez –dijo Cristiana–, que alguna vez seguiría a mi esposo, mucho menos adorar al Señor con él.

A la mañana siguiente, los peregrinos enviaron un mensaje a la Casa del Intérprete pidiendo que Gran Corazón los escoltara el resto del viaje.

Después de alrededor de una semana en el palacio,

Misericordia tuvo una visita que aparentaba buena voluntad para ella. Su nombre era el señor Enérgico, un hombre de buena educación que se fingía religioso, pero era muy apegado al mundo. Entonces vino una, o dos, o más veces a Misericordia y le ofreció amor. Ahora Misericordia tenía un semblante hermoso y estaba muy atractiva.

Su mente también estaba siempre ocupada, porque cuando no tenía nada que hacer para ella misma, hacía calcetines y vestimenta para otros y se los daba a personas que estaban en necesidad. El señor Enérgico, al no saber dónde o cómo ella disponía lo que hacía, pareció tomarlo a bien, porque jamás la encontró holgazaneando. Pensó que sería una buena ama de casa.

Misericordia después les reveló el asunto a las siervas de la casa y les hizo preguntas con respecto al señor Enérgico, porque ellas lo conocían mejor. Entonces le contaron que era un joven muy ocupado, uno que aparentaba ser religioso, pero que en realidad era un extraño del poder de aquello que es bueno.

–No, no lo miraré más –dijo Misericordia–. Porque me he propuesto no tener jamás un obstáculo en mi alma.

Prudencia después respondió:

–No necesitas una gran cosa para desanimarlo. Solo continúa haciendo lo que haces por los pobres. Eso pronto enfriará su ánimo.

Entonces la próxima vez que él fue, la encontró trabajando, haciendo cosas para los pobres.

—¿Qué, siempre con eso? —le preguntó.

—Sí —respondió ella— o para mí misma o para los demás.

—¿Cuánto ganas por día?

—Hago estas cosas para ser rica en la buena obra, guardando un buen cimiento contra el tiempo venidero y ganando la vida eterna.

—¿Qué haces con ellos?

—Visto a los que están desnudos —dijo.

Su semblante se oscureció y no volvió a verla más. Cuando le preguntaron la razón, contestó que Misericordia era una muchacha bonita pero preocupada por los que estaban en dificultades.

Después de un mes con la familia en la que estaban, Cristiana vio que tenían que continuar con su propósito. Llamaron a todos los de la casa para que juntos dieran gracias al Rey por enviarles huéspedes tan beneficiosos como estos.

Luego le dijeron a Cristiana:

—Te mostraremos algo que hacemos con todos los peregrinos. Es algo acerca de lo cual puedes meditar cuando estés en el camino.

Entonces tomaron a Cristiana, a sus hijos y a Misericordia y les mostraron una de las manzanas que Eva comió y luego le dio a su esposo que tenían guardada. Le preguntaron a Cristiana qué creía que era el objeto.

Cristiana dijo:

—Comida o veneno. No sé cuál de los dos.

Entonces le explicaron y alzando las manos se maravilló.

Después la llevaron a un lugar y le mostraron la escalera de Jacob. Vieron a los ángeles que ascendían y descendían mientras observaban. Vieron muchas otras cosas que los anfitriones querían mostrarles.

Finalmente, Gran Corazón llegó. Y cuando el portero abrió la puerta y lo dejó entrar, hubo gran alegría al estar reunidos nuevamente con su amigo.

Luego Gran Corazón les dijo a Cristiana y a Misericordia:

—Mi señor les ha enviado a cada una de ustedes una botella de vino y también algo de maíz deshidratado junto con un par de granadas. También les ha enviado a los niños algunos higos y pasas de uva para refrescarse en el camino.

Después prestaron atención al viaje y Prudencia y Piedad los acompañaron. Cuando llegaron a la puerta, Cristiana le preguntó al portero si alguien se acercó últimamente.

—No, el único fue hace algún tiempo, pero me dijo que había habido un gran robo en la carretera del Rey en la que ustedes van. Pero dijo que los ladrones fueron prendidos y en breve serán juzgados.

Cristiana y Misericordia tenían temor hasta que Mateo les recordó que estaban con Gran Corazón.

Entonces el pequeño grupo dejó el palacio y siguió adelante hacia la cima de la colina. Piedad luego recordó algo que había planeado darle a Cristiana y a sus compañeros. Entonces regresó a buscarlo. Mientras se fue, Cristiana escuchó en un bosquecillo un poco más allá hacia la mano derecha un canto melodioso y curioso.

Cristiana le preguntó a Prudencia quien cantaba así:

—Son pájaros del país. Con frecuencia los domestico en nuestra casa. Son muy buena compañía cuando estamos melancólicos. Hacen que uno desee estar en los bosques o en los bosquecillos y en los lugares solitarios.

Para entonces, Piedad había regresado. Le dijo a Cristiana:

—Mira aquí, te he traído un esquema de todas las cosas que viste en nuestra casa. Puedes mirar esto cuando estés desorientada y traer estas cosas a la memoria otra vez para tu edificación y consuelo.

Luego, los peregrinos descendieron al Valle de la Humillación. Era escarpado y resbaladizo, pero fueron cuidadosos, entonces bajaron muy bien.

—Este es el lugar más fructífero —aseguró Gran Corazón—. Mira qué verde es el valle. Mira qué hermosos los lirios. Escucha al niño pastor.

Los peregrinos oyeron al niño cantar:

El que está caído, no tiene temor de caer;
el que es bajo, no tiene orgullo.

El que es humilde, siempre tendrá
a Dios para que sea su guía.
Estoy satisfecho con lo que tengo,
sea poco o mucho:
y Señor, aún más satisfacción anhelo,
porque tu salvación es grande.
Llenura para aquellos, todo es una ruina
quienes van en peregrinación:
aquí hay poco, y después hay deleite,
es mejor de gloria en gloria.

Gran Corazón continuó enumerando las características del valle.

–¿Te dije que nuestro Señor tenía su casa de campo aquí en días pasados? Le encantaba caminar aquí, ha dejado una renta de un año para que se pague fielmente el mantenimiento y así animarlos para que continúen la peregrinación.

Pronto los peregrinos llegaron a una columna en la que se leía:

Permite que los traspiés de Cristiano, antes de
que viniera aquí,
y las batallas con las que se encontró en este lugar,
sean
una advertencia para aquellos que vienen después.

175

–El Valle de Humillación es el lugar más peligroso de toda esta región –explicó Gran Corazón–. Aquí es donde los peregrinos tienen problemas si olvidan los favores que han recibido y lo indignos que son. Aquí es donde Cristiano luchó con Apolión. La sangre de Cristiano está en las piedras hasta hoy. Mira. Están las flechas rotas de Apolión. Cuando este fue vencido, se retiró al valle de al lado, que se llama el Valle de la Sombra de Muerte.

Mientras entraban al Valle de la Sombra de Muerte, oyeron gemidos de gran tormento. El suelo se sacudió y silbó. Un demonio se acercó a ellos, luego se desvaneció.

"Resiste al diablo y huirá de vosotros" –recordó uno de los peregrinos.

Oyeron una gran bestia detrás de ellos. Cada rugido que daba hacía que se escuchara un eco en el valle. Cuando Gran Corazón se volvió para enfrentarla, también desapareció. Luego los rodeó una gran niebla y oscuridad, para que no pudieran ver. Oyeron el ruido y el murmullo de los enemigos.

–Muchos han hablado acerca del Valle de la Sombra de Muerte –dijo Cristiana–, pero nadie puede saber lo que significa hasta llegar allí. "Cada corazón conoce su propia amargura y nadie puede compartir su alegría". Estar aquí es una cosa temible.

Gran Corazón agregó:

–Esto es como sumergirse en aguas profundas,

o como adentrarse en lo insondable. Esto es como estar en el corazón del mar y como ir debajo de las montañas. Ahora parece como si las profundidades de la tierra nos rodearan para siempre. Pero permite que aquellos que caminan en oscuridad, y no tienen luz, confíen en el nombre del Señor y estén con Dios. Como ya les he dicho, con frecuencia he atravesado este valle y ha sido mucho más difícil pasarlo que hoy, y sin embargo, ven que estoy vivo. No voy a jactarme, porque no soy mi propio salvador. Pero confío en que seremos libres. Vengan, oremos para recibir la luz de Aquel que puede reprender a todos los demonios en el infierno.

Entonces lloraron y oraron y Dios les envió luz y liberación despejando su camino. Luego se detuvieron por un pozo. Sin embargo continuaron calmos a través del Valle aunque contemplaron grandes pestilencias y olores repugnantes, para disgusto de ellos. Misericordia le dijo a Cristiana:

—No es tan agradable estar aquí como a la puerta, o en la casa del Intérprete o en la casa donde estuvimos la última vez.

—Oh pero —dijo uno de los niños— no es tan malo atravesar esto, peor sería si fuéramos a morar siempre aquí. Una razón por la cual debemos ir por aquí hacia la Casa que está preparada para nosotros es que nuestro hogar podría hacerse más dulce para nosotros.

–Bien dicho, Samuel –dijo el Guía–. Ahora has hablado como un hombre.

–Porque, si alguna vez salgo de aquí –dijo el niño– creo que obtendré como premio luz y un buen camino, será mejor que lo que jamás hice en toda mi vida.

Luego dijo el Guía:

–Saldremos de aquí dentro de poco.

Entonces continuaron y José dijo:

–¿No podemos ver el final de este valle todavía?

Dijo el Guía:

–Mira tus pies, porque dentro de poco encontraremos trampas. Entonces mirando dónde apoyaban sus pies continuaron, pero estaban preocupados con las trampas. Entre las trampas, vieron a un hombre que había sido arrojado en una zanja hacia el lado izquierdo, con la carne toda rasgada y desgarrada.

Dijo el Guía:

–Ese es Desatento, que iba por este camino. Ha estado tendido allí por mucho tiempo. Prestar Atención estaba con él cuando lo tomaron y le quitaron la vida, pero se escapó de sus manos. No pueden imaginar cuántos son asesinados por los alrededores y sin embargo, los hombres son tan necios y aventureros como para partir en peregrinación de forma liviana y venir sin un guía. ¡Pobre Cristiano! Fue una maravilla que escapara de aquí. Pero era un amado de su Dios. También tenía un buen corazón, si no jamás podría haberlo hecho.

Continuaron. Delante de ellos había un hombre mayor. Sabían que era un peregrino por la vara y la ropa que vestía. El anciano se volvió de forma defensiva.

–Soy un guía para estos peregrinos que van a la Ciudad Celestial –explicó Gran Corazón.

–Les ruego que me perdonen. Temía temor de que fueran los que le robaron a Poca Fe hace algún tiempo.

–Y ¿qué es lo que hubieras hecho si hubiéramos sido esos? –le preguntó Gran Corazón.

–Hubiera peleado tanto que estoy seguro de que no me hubiesen vencido. A ningún cristiano lo pueden vencer a menos que se rinda él mismo.

–Bien dicho –se maravilló Gran Corazón–. ¿Cómo te llamas?

–Mi nombre es Honesto. Y solo deseo que esa sea mi naturaleza.

Cuando Honesto supo quiénes eran los peregrinos, le dijo de forma efusiva a Cristiana:

–He oído acerca de tu esposo. Su nombre es conocido en todas estas regiones del mundo debido a su fe, su valentía, su resistencia y su sinceridad.

Mientras caminaban, Honesto y Gran Corazón discutieron acerca de un peregrino que ambos conocían: Temor.

–¿Cuál será la razón por la cual un hombre bueno como este permanece en tanta oscuridad? –preguntó Honesto.

–El sabio Dios la tendrá. Algunos deben cantar y

otros deben llorar. Sin embargo, las notas del bajo son tristes, pero algunos dicen que es la base de la música.

Mientras continuaban por el camino, se encontraron con un gigante que sostenía a un hombre y le vaciaba los bolsillos. Gran Corazón atacó al gigante. Después de idas y venidas con mucha lucha, Gran Corazón decapitó al gigante con su espada.

Cristiana le preguntó a Gran Corazón:

—¿Estás herido?

—Una pequeña herida, prueba de mi amor por mi Maestro y un medio de gracia por el cual se aumenta mi recompensa final.

—¿No tenías temor? —preguntó Cristiana.

—Es mi obligación desconfiar de mi propia habilidad, para confiar en Él, que es más fuerte que todo.

—Y, ¿qué hay acerca de ti? —preguntó Cristiana al hombre que Gran Corazón había salvado.

—Aunque el gigante Buen Asesino me atrapara —dijo el hombre—, pensé que viviría. Porque oí que cualquier peregrino, si mantiene el corazón puro ante el Señor, no morirá a manos del enemigo.

—Bien dicho —concordó Gran Corazón—. ¿Quién eres?

—Mente Débil.

Parecía poco dispuesto a continuar en el camino con ellos.

—Ustedes son todos vigorosos y fuertes. Yo seré una carga.

Justo entonces un hombre con muletas se acercó.

–Y ¿qué hay con él?

–Estoy comprometido a confortar a Mente Débil y a sostener a los débiles –le dijo a Gran Corazón.

Mientras continuaban el camino, llegó uno corriendo y dijo:

–Caballeros, y ustedes que son más débiles, si aman la vida, muévanse, porque los ladrones están delante de ustedes.

Estuvieron alerta, registrando todas las curvas donde se podrían haber encontrado con villanos. Pero nunca los alcanzaron.

Para entonces, Cristiana deseaba encontrar un refugio para ella y para los niños que estaban muy cansados. Honesto dijo:

–Hay un lugar un poco más adelante donde vive un discípulo muy honorable, Alegre.

Entonces todos decidieron ir hacia allí porque el anciano les dio buena información. Cuando llegaron a la puerta, entraron. Luego llamaron al dueño de la casa, y le preguntaron si se podían quedar allí esa noche.

–Sí –dijo Alegre– si hablan la verdad. Mi casa no es para nadie, excepto para los peregrinos.

Estaban tan contentos de que el posadero amara a los peregrinos que pidieron habitaciones. Mientras los siervos preparaban una cena, tuvieron una buena conversación con el posadero.

La compañía y la conversación fueron tan buenas

que el grupo se quedó por un mes en la posada, obteniendo el descanso que necesitaban después de tantas pruebas. Mientras estaban allí, Mateo y Misericordia se casaron y Alegre dio a su hija Febe a Santiago como esposa.

Finalmente llegó el día en el que tenían que dejar la posada. Alegre se negó a recibir pago alguno, diciendo que recibió todo lo que necesitaba del Buen Samaritano.

Al continuar el camino se acercaron a Vanidad. Como conocían las pruebas que Cristiano y Fiel enfrentaron en ese pueblo, discutieron acerca de cómo deberían atravesarlo. Finalmente, Gran Corazón dijo:

—Como saben, he sido con frecuencia un conductor de peregrinos a través de este pueblo. Sé de un hombre en cuya casa nos podremos alojar. Si les parece bien, iremos allí.

Todos estuvieron de acuerdo, y mientras se acercaban al pueblo, cayó la noche. Pero Gran Corazón conocía el camino y pronto estaban establecidos en la casa de su anfitrión, Memorioso.

Debido a la camaradería que encontraron en esa casa, el grupo se quedó allí por mucho tiempo. Antes de irse, Memorioso le dio su hija Gracia a Samuel en casamiento y su hija Marta a José. Durante el tiempo que estuvieron en Vanidad, los peregrinos llegaron a conocer a muchas personas buenas del pueblo y los sirvieron siempre que pudieron.

Mientras estaban allí, un monstruo salió del bosque y mató a muchas de las personas del pueblo y se llevó a los niños. Ningún hombre de la ciudad se atrevía a enfrentarlo. Todos los hombres huyeron cuando escucharon el estruendo de su venida.

El monstruo tenía el cuerpo como el de un dragón con siete cabezas y diez cuernos. Entonces, Gran Corazón junto con aquellos que fueron a visitar a los peregrinos a la casa de Memorioso, hicieron un pacto de destruir a la bestia. Enfrentaron al monstruo tantas veces, que desgastaron a la bestia a través de múltiples heridas, por eso esperaron a que el monstruo muriera. Esto hizo que Gran Corazón y sus compañeros fueran muy afamados en todo el pueblo.

Finalmente llegó el tiempo en el que los peregrinos debían retomar la peregrinación entonces se prepararon para el viaje. Enviaron por su amigo y protector y se encomendaron el uno al otro a la protección de su Príncipe. Entonces siguieron adelante en el camino.

Pronto llegaron al palacio donde Fiel murió. Se detuvieron y le agradecieron a Aquel que le hizo posible soportar tan bien la cruz. De este modo, pasaron a través de la feria.

Pasaron la colina de Lucro donde la mina de plata les retuvo a Sabio del Mundo y a otros. Pasaron la estatua de sal que había sido la esposa de Lot. Allí reflexionaron acerca de cómo aún los hombres inteligentes podrían ser tan cegados como para desviarse. Solo cuando reflexionaron nuevamente acerca de que la naturaleza no se afecta por los daños con los que los hombres se encuentran, entonces pudieron entender la virtud atractiva sobre el ojo necio.

Continuaron hasta que llegaron al río que estaba de este lado de las Montañas Deleitosas. Aquí encomendaron a los pequeños a Aquel que era el Señor de esta pradera. Más allá del Río de Dios, fueron al Camino de la Pradera donde la escalera llevaba al Castillo de la Duda. Gran Corazón se detuvo ante la advertencia que Cristiano había dejado. Aquí discutieron qué debían hacer.

–Tengo un mandamiento: "Pelear la buena batalla de la fe" y, ¿quién es un enemigo más grande que el gigante Desesperación?

Gran Corazón guió a los otros fuera del camino y subieron la escalera para encontrar el Castillo de la Duda. Cuando se acercaron al castillo, golpearon para entrar.

Desesperación se apresuró, gritando:

–¿Quiénes son ustedes?. –Su esposa, Falta de Confianza, lo siguió.

–Gran Corazón, uno de los protectores del Rey para los peregrinos que van a la Ciudad Celestial te exijo que abras las puertas para que entre. Prepárate para la batalla, porque he venido a cortarte la cabeza y a demoler el Castillo de la Duda.

—He vencido ángeles —se jactó Desesperación.

Entonces se puso la armadura y salió a pelear.

Sin embargo, Gran Corazón lo atacó de forma tan salvaje que Falta de Confianza salió a ayudar. Honesto la derribó de un golpe. Desesperación luchó duro, con tantas vidas como un gato, pero murió cuando Gran Corazón le cortó la cabeza. Les tomó a los peregrinos siete días destruir el castillo. No obstante, Gran Corazón advirtió:

A pesar de que el Castillo de la Duda está demolido,
y el gigante Desesperación ha perdido la cabeza,
el pecado puede reconstruir el castillo, hacer que permanezca,
y que el gigante Desesperación viva otra vez.

Llevaron la cabeza del gigante con ellos cuando regresaron a unirse al resto del grupo. Tuvieron una fiesta para celebrar el fin del gigante Desesperación, su esposa Falta de Confianza y el Castillo de la Duda. Cuando se fueron del lugar, Gran Corazón puso la cabeza del gigante sobre el pilar que Cristiano erigió para advertir a los peregrinos que venían detrás de él. Luego escribió debajo de la cabeza en el mármol:

Esta es la cabeza de que solo con su nombre
en tiempos antiguos aterrorizaba a los peregrinos.
Su castillo está demolido, y Falta de Confianza,
        su esposa
ha sido derrotada a manos del Maestro Valiente
        Gran Corazón.
A Desaliento, su hija y Mucho Temor,
también Gran Corazón ha ejecutado,.
Quien dude de esto, elevará su mirada
hacia acá, y perderá sus escrúpulos.
Esta cabeza también, cuando los cojos dancen,
mostrará que del temor han sido librados.

Luego la compañía siguió camino. Cuando los peregrinos llegaron a las Montañas Deliciosas, recibieron la bienvenida de los pastores Conocimiento, Experiencia, Observador y Sincero. Los peregrinos festejaron y descansaron por la noche. A la mañana siguiente, con las montañas tan altas y el día claro, los pastores les mostraron muchas cosas. En una montaña vieron al Hombre Religioso, vestido de blanco, atacado por dos hombres con suciedad, Perjuicio y Mala Voluntad. La suciedad no se pegaba a sus ropas. En otra montaña, un hombre cortaba ropa para los pobres de un rollo de tela, sin embargo este jamás se terminaba.

Los peregrinos se fueron cantando. A lo largo del

camino había un hombre con una espada empuñada y el rostro sangriento.

—Soy Valiente de la Verdad —dijo—. Me pusieron por sobre tres hombres, Cabeza Salvaje, Desconsiderado y Pragmático. Me dieron tres opciones: volverme uno de ellos, regresar por el camino o morir. Luché con ellos durante horas. Huyeron cuando escucharon que venías.

—¿Tres contra uno? —se maravilló Gran Corazón.

—Aunque un ejército me rodee, mi corazón no temerá, —respondió Valiente de la Verdad.

—¿Por qué no gritaste?

—Sí, lo hice, a mi Rey.

Gran Corazón le dijo a Valiente de la Verdad:

—Te has comportado de forma digna. Déjame ver tu espada.

Entonces, Valiente de la Verdad le mostró la hoja. Gran Corazón la estudió por un momento, luego dijo:

—Es una espada justa de Jerusalén.

Valiente de la Verdad dijo:

—Lo es. El hombre que la sostiene no necesita temer. Sus bordes jamás se desafilarán. Cortará carne, huesos, alma, espíritu y todo lo que se le enfrente.

—Has hecho bien —dijo Gran Corazón.

Ayudaron a Valiente de la Verdad, lavaron sus heridas y le dieron lo que tenían para refrescarlo. Y se unió a la compañía de los peregrinos.

Mientras se hacían amigos de Valiente de la Verdad, caminaban por la Tierra Encantada, donde el aire los hacía adormecer. Una gran oscuridad cayó sobre ellos y caminaron sin ver. Espinas los desgarraban, arbustos los hacían tropezar y perdieron el calzado en el lodo. A su alrededor todo era lodo, con el propósito de ahogar a los peregrinos. Sin embargo, con la guía de Gran Corazón y Valiente de la Verdad a la retaguardia, marcharon por el camino.

Llegaron a una pérgola, cálida y acogedora. Había allí un asiento cómodo para los huesos cansados. Gran Corazón les advirtió, no obstante, que era una tentación, una trampa. En la pérgola siguiente encontraron a dos hombres, Descuidado y Demasiado Arriesgado muy dormidos. No podían despertarse. La Tierra Encantada fue mortal para ellos, como estaban tan cerca de Beulah se descuidaron y pensaron que estaban a salvo.

Se encontraron con un hombre que estaba de rodillas. Honesto lo conocía.

–Es Firme, un peregrino bueno y justo. ¿Qué sucedió Firme?

–Una mujer de gran belleza vino a mí. Hablaba de forma tierna y sonreía al final de cada oración. Me ofreció su cuerpo, su monedero y su cama. Estoy muy solo, soy muy pobre y estoy muy cansado, pero la rechacé varias veces. Y aún persistía: si solo permitiera que ella me dominara, me dijo, me haría tan feliz. Dijo que es la amante del mundo, la Señora Burbuja. Caí sobre las rodillas tal como me ves ahora y oré a

Aquel que está arriba, quien me puede salvar. Solo así ella me dejó.

—Es una bruja —dijo Gran Corazón—. Es su hechicería la que encanta este suelo. Cualquiera que coloca su cabeza sobre su regazo la coloca sobre la tabla de cortar.

Los peregrinos temblaban, no obstante cantaron con alegría:

> *¿En qué peligro se encuentra el peregrino?*
> *¿Cuántos son sus enemigos?*
> *¿Cuántas formas de pecar hay? Ningún mortal*
>   *las conoce*
> *Algunos escapan de la zanja, sin embargo pueden*
> *caer en el fango.*
> *Algunos aunque esquivan la sartén*
> *¡y se lanzan sobre el fuego!*

Después de esto, llegaron a la tierra de Beulah, donde el sol brilla noche y día. Aquí, como estaban muy cansados, descansaron un rato. Como este país era el paso obligado para los peregrinos y los manzanos y las viñas que estaban allí pertenecían al Rey de la Ciudad Celestial, tenían el permiso para tomar cualquiera de las cosas. Pero un poco más allá se reanimaron, porque las campanas y las trompetas sonaban de forma continua y tan melodiosa que no podían dormir. Sin embargo, recibieron tanto ánimo como si hubieran dormido de forma profunda.

Un día el mensajero fue a Mente Débil. El Maestro quería que cruzara el río hacia la Ciudad Celestial. Todas las personas fueron con él al río. Sus últimas palabras mientras entraba al río fueron:

—Bienvenida vida.

Honesto partió después. Sus últimas palabras fueron:

—Mantener la fe y la paciencia.

Mientras partía, Misericordia dijo:

—Aquí hay una verdadera israelita, en quien no hay nada falso. Deseaba un día hermoso y un río seco cuando emprendí la partida a la Ciudad Celestial, pero hoy, sea mojado o seco, deseo ir.

Uno a uno durante las siguientes semanas se fueron los peregrinos. Valiente de la Verdad dijo:

—Muerte, ¿dónde está tu aguijón? —mientras entraba al río— y tumba, ¿dónde está tu victoria? —mientras cruzaba.

Un día el mensajero le llevó una carta a Cristiana:

¡Te saludo, mujer buena! Te traigo noticias:
El Maestro llama por ti y espera que estés
En su presencia, vestida en inmortalidad,
dentro de diez días.

Cuando llegó el día en que Cristiana debía irse, el camino estaba lleno de personas para verla emprender el viaje. Los bancos más allá del río estaban llenos de caballos y carruajes, que habían bajado para acompañarla a la Puerta de la Ciudad.

Entonces fue y entró al río con un gesto de despedida hacia aquellos que la seguían al costado del río.

Mientras entraba al río, dijo:

–Vengo, Señor, para estar contigo y bendecirte.

Detrás de ella, sus hijos lloraron, pero Gran Corazón hizo sonar los címbalos de alegría.

Pasarían muchos, muchos años antes de que el Señor llamara a los hijos de Cristiana, quienes junto a sus esposas aumentaron en gran medida la iglesia en Beulah.

También de Casa Promesa

978-1-60260-871-9

978-1-60260-872-6

La serie "¿Qué dice la Biblia sobre ?" proporciona sabiduría de fácil lectura sobre importantes temas contemporáneos, incluyendo el dinero y el matrimonio. Cada libro presenta más de 300 pasajes bíblicos categorizados, más historias personales y consejos prácticos. En un tamaño manejable, estos inspiradores libritos son perfectos para el uso personal o ministerial.

Disponible donde libros cristianos son vendidos.